我可能得抑郁症了！

Zhang Ai Cai Works

Maybe I Slid Into A Depression!

张爱财 著

四川文艺出版社

图书在版编目（ＣＩＰ）数据

我可能得抑郁症了！/ 张爱财著.--成都：四川文艺出版社，2019.11
ISBN 978-7-5411-5506-2

Ⅰ．①我… Ⅱ．①张… Ⅲ．①长篇小说－中国－当代 Ⅳ．①I247.5

中国版本图书馆CIP数据核字(2019)第206166号

WO KENENG DE YIYUZHENG LE！
我可能得抑郁症了！
张爱财 著

出 品 人	张庆宁
选题策划	麦田时光文化
策划编辑	孙慧芳
责任编辑	荆　菁
责任校对	段　敏
版式设计	梁　霞
装帧设计	@设计装帧粉粉猫
封面绘图	金书屿

出版发行	四川文艺出版社（成都市槐树街2号）
网　　址	www.scwys.com
电　　话	028-86259287（发行部）　028-86259303（编辑部）
传　　真	028-86259306
邮购地址	成都市槐树街2号四川文艺出版社邮购部　610031
印　　刷	三河市鹏远艺兴印务有限公司
成品尺寸	145mm×210mm　　　开　本　32开
印　　张	7.5　　　　　　　　　字　数　170千
版　　次	2019年11月第一版　　印　次　2019年11月第一次印刷
书　　号	ISBN 978-7-5411-5506-2
定　　价	42.00元

版权所有·侵权必究。如有质量问题，请与出版社联系更换。028-86259301

目录

第 一 章　故乡　　　　001

第 二 章　标签　　　　007

第 三 章　谎言　　　　019

第 四 章　自尊心　　　049

第 五 章　童年　　　　073

第 六 章　爱情与荷尔蒙　097

第 七 章　生活　　　　121

第 八 章　瘾　　　　　149

第 九 章　爱的绑架　　171

第 十 章　葬礼　　　　195

第十一章　立春　　　　215

我可能得抑郁症了!

第一章 故乡

我的生命是从十七岁开始的,那时候大学把我从老家的小镇带了出来。我总说我是一个没有故乡的人。我生长的地方不能用淳朴来形容,那里贫穷、愚昧、落后,我的记忆也没有任何办法去美化那个应该被称为我"故乡"的地方。

我的童年似乎没有什么特别开心的事,妈妈总是把我关在家里让我读书,她从不允许我跟其他小孩子一起玩,她怕我沾染了他们身上带着的同他们父母一样的恶俗品行。这让我对别人的生活一无所知,我只知道我是我们年级年龄最小成绩最好的一个,另外别人都说我们家很富足,这些都让我高傲自满。她告诉我长大后永远不要回到这里,她想我能在更好的地方过着我想过的生活。

于我而言,那里是囚禁过我的牢笼,逼仄的空间局限了我的视野和羽翼,我迫不及待地逃离了那里。

我不想我长大后像我看见的他们一样,重复过着父辈的生活——早早结婚生子,终生都守着这一亩三分地,甚至为了一点蝇头小利或口角之争就可以去杀人放火。

小时候我们那里最出息的年轻人就是考上了中专或中师,毕业可以分配到一份稳定工作的人。更大一部分的年轻人初中毕业就南下打工去了,他们衣着光鲜地回来,带着工厂的漆胶味,我想我永远无法喜欢这样的味道。

大城市是一座不夜城,到处都是灯红酒绿,车水马龙,对于我一个乡下姑娘来说,什么都很稀奇。文艺的咖啡店,声色俱全的酒吧,各种奢侈品……那时候我才明白原来我们家没有多少钱。我在大学里,没有每天勤奋刻苦泡图书馆,专业学得一塌糊涂，反倒是学会了抽烟喝酒泡吧玩游戏。

我似乎也不喜欢大城市的生活，每天充斥着这座城市的是各种杂乱的信息和从下水道涌上来的地沟油味，我并不爱慕这样虚假的繁华。这里也不是我的故乡，更像一个看不到边的泥潭，可即便抽身离去，我也不知道我应该去哪里或是回到哪里。我时常站在天桥上看着人来人往，觉得自己好像不属于这座城市，也不属于小镇，我对哪里都很陌生。

认识叶穆的时候，我像是找到了阔别多年的故乡，他给予的温热的感觉像我从未见过的大海带着季风的气息席卷而来。他说要带我离开的时候，我满心欢喜，激动难平。

如果我是一只乡下的麻雀，我不会只是想飞上坠着玉叶的金枝，我更愿意融化在太阳里，我的翅膀下永远有风在流动，我的眼睛里布满星辰，我愿带着大海自由的气息浪荡在世界的边缘。这一切在叶穆那里都可以得到，这不是第一次恋爱会有的盲目，他像是我的另一半灵魂，他的才华和天赋让他闪闪发光，我渴望能像他一样。

当我第一次去试探我生活界限的时候，是他让我看到了生活更多的可能，他重塑了我的想法、观念与维度，他指引我找到了我想要走的路。

我想我的一生应该是一条浪荡的河流，而叶穆就是我要回归的那片大海，他就是我的故乡，我无论如何也要回去的地方。

只是十年后说要回来娶我的叶穆已经娶了别人，我再也回不去的那片海已经是她的故乡了。从那时候起我终于跟其他人处在了同一个真实的维度上，我不再觉得自己很特别。在他离开之后，我失去了我为之骄傲的一切和不顾一切都要回去的故乡。我从此浪荡无依，没有任何衣锦荣归的可能。

分别五年，我经历了世界从坍塌到重塑的过程，这个过程漫长且无聊。我好像试过了百种的苦和千般的孤独，我剩余的人生将与它们如影随行，这让我苦涩又让我仁慈。

我再回头看叶穆时，他变成了一个普通人。我不用再仰望他，那个才华横溢、一身天赋的叶穆已经死了。那个曾被我看作故乡的男人，我再也回不到他的身边，而我活成了我的另一副样子。我不想承认，即便他离弃了我，他仍然把他的一部分灵魂植入了我的生命里，我带着他如同大海的魂魄浪荡不息，而这，就是我的天赋，毫无用处的天赋。

我可能得抑郁症了！

第二章

标签

据说在成都地铁一号线上下班高峰期的时候，你每天有机会遇到两百个CEO。我也是其中之一。如果你也在一号线上，你可能见过我，只是你不记得了。

成都的软件园在一号线的南延线上，互联网创业相对于其他企业而言差不多就是一个摆地摊的成本。我不清楚每年成都有多少家创业公司，但我清楚地知道这些在开始都有把握会成功的创业公司在年底的时候会死伤一大半，我的公司在存活下来的那一小半里。这一点不值得夸夸其谈，因为创业没有让我暴富，只是让我勉强存活下来而已。

从创办公司的时候我就没有想过在事业上有什么大的作为，也没有做过一夜暴富的美梦。这种美梦在互联网行业的交流会上你会看见很多，他们谈论着用户需求，谈论着互联网精神，在投资人面前竭尽全力地展现着他们的渴望和贪婪。我没有这种高谈阔论的底气，只要可以继续维持之前的收入我就已经很满足了，不知道这算不算求仁得仁，公司始终在亏损和赚钱间来来回回，我的收入也跟以前不相上下。

我身上贴着"女强人"的标签，这个标签对于我来说名不副实。可能这个标签对于我不是指我聪明能干、事业有成，更多的是他们觉得在我身上贴一个女强人的标签是对一个三十岁大龄剩女的善意。在别人的交谈里，他们会主动把我说成是因为忙于事业才耽误了终身大事，这是一种来自他们自问自答、自圆其说的好心。这种看上去体面的"解释"在本质上还是一种对女性年龄的歧视，所以我不感激他们这种自作主张的"善解人意"。

我从来不认为三十岁不结婚有什么问题，这只是我的生活方式，在这一点上我没有伤害到任何人。

真正的尊重是尊重对方选择自己生活方式的自由，这一点很多人都不懂，我也懒得跟他们争辩这个问题。

我们聪明人的第一条原则是：从来不会想要去改变任何人，因为这是一种自不量力。

我身上还贴着很多标签，比如"网红"，比如"精神病患者"。无疑这些标签跟"女强人"一样都是失败的。我当了一个不赚钱的网红，一个与抑郁症和焦虑症斗争多年仍然没有痊愈的精神病患者。

我带着这些标签孑然一身地行走在这座城市，有人羡慕我也有人可怜我，有人讨厌我，也有人已经忘记了我。

这些标签都不是我自愿贴上的，我认为我应该当一个诗人，悲悯和嘲笑世人的苦难和荒唐，大声地赞美自由与爱情。

而我的闺密赵心怡则不这么看我，她很肯定地认为我天生就应该是一个特立独行的女强人而不是什么狗屁诗人。她说我的能力和气魄不输给任何男人，我不知道这句话算不算是夸我，但听起来怪怪的。

赵心怡是我最好的朋友，虽然我觉得她并不了解我。我们为什么会成为朋友我也想不明白，我跟她好像两种不同的人。她美丽自信，热情开朗，还有一点霸道；而我相貌平平，寡淡冷清，性格乖张。

赵心怡约了几个闺中密友晚上吃火锅，庆祝谢薇薇打掉了几颗大得让人惊叹的肾结石。她约了我、谢薇薇和苏小茹，我们几个经常会聚一聚。她们三个需要找不同的理由抛下她们的老公或是男朋友出来，而我大部分时间都是单身，不需要这么麻烦。不会有人问我去哪儿，也没有人问我什么时候回家。

我去的时候只有赵心怡到了，她穿着低胸的黑色雪纺裙，外面搭了一件米色格子羊毛披肩，紧身的低胸裙让她白花花的胸格外显眼。

"你穿这么点儿，不冷吗？"我问她。

"一个爱美的女人，天气冷暖从来都不在考虑的范围。"赵心怡说。她曾计划把我变成跟她一样衣着时尚的女人，我在那个冬天信心满满，扔掉了我所有厚重的衣服和保暖内衣。在我被冻得发烧之后，这个计划就被我无限期地搁置了，我也就一直这样不够时尚地生活着。

隔壁桌的男人频频看向她，我低头看了看自己不争气的胸。

"别看了，看了也长不大。"赵心怡看出了我的羡慕。

"那我只能说我最近瘦了五斤。"我不甘示弱。

"这个朋友怕是做不下去了，今天晚上吃完这顿火锅大家就默契一点互删好友，感恩有你吧。"赵心怡开着玩笑说道。

我跟赵心怡不只性格上完全不同，我们的身材也相差甚远，她身材丰腴，相比之下显得我更加娇小单薄。

她们三个每天嚷着减肥，长期的胡吃海喝让她们的体重有增无减。她们羡慕我怎么都吃不胖，我羡慕她们对食物有如此高的热情。我瘦不是因为我吃不胖，是因为抑郁症和焦虑症导致的长期厌食。

火锅店过了六点人突然多了起来，火锅锅底里的牛油和各种香料的香气也逐渐浓郁了起来。赵心怡看着别人吃喝得酣畅，对她们习以为常的迟到更加难以忍受。我们叫服务员把菜单拿过来，我们在菜单上点好了菜，就这样眼巴巴地看着隔壁桌涮火锅。

谢薇薇和苏小茹从来没有什么时间观念，迟到是家常便饭，赵心怡每次都因为她们迟到气得要起身走人，我只能说再忍一忍，还能离咋地？

"对了，薇薇跟她老公怎么样了？"我问她，聊点八卦让她消消火气。

"关系缓和了，小两口吵吵闹闹在所难免嘛。"赵心怡还是一脸怒气。

他们之前在闹离婚，原因是谢薇薇肾结石在家里痛得死去活来的时候她老公在书房打游戏。赵心怡去她家把她送去了医院，整个过程她老公都没有参与，直到手术结束她老公才慌忙赶来。

谢薇薇经常聊起关于她对婚姻生活的不满，婚姻让她堕入了一个比我更孤独的境地。一个人面对问题的时候往往可以默默承受，比如我一个人生病的时候会觉得自己完全可以应付。我想是因为我没有人可以抱怨，而她是有所期待的，所以更觉孤独。

两个人比起一个人的时候更难忍受这一切，前提是另一个人根本不理解你。他对你的期待感到厌烦，他把你的痛苦当作一种麻烦，两个人为了一些琐碎的事消耗着彼此的热情和精力。

所以相对而言我更喜欢一个人待着，两个人在一起的这种亲密关系时刻提醒着你，身边这个人并没有真的理解你，更孤独的是他也这样认为，只有这一点他与你感同身受。

说到底，伴侣也是两个不同的个体，婚姻没有把两个不同个体融为一体的魔力，能够接近这种魔力的东西只有爱，而不是某种特定的关系。

婚姻只能作为爱情的延续,以一种水到渠成的方式,而不是到了一定年龄就一定要去做的事。

赵心怡点头表示同意,她白花花的胸也跟着颤了一颤。

我有时候也会好奇婚姻生活究竟是什么样的?那里是否真的是一座围城?但我极有可能这辈子都是站在围城之外的人,围城于我而言虽不是龙潭虎穴,但也应该是极其麻烦的了。

"我突然想念一首诗,你要听吗?"我问心怡。

"不想听。"她说。

> 生菜
> 熟了也叫
> 生菜
> 爱人
> 不爱了就不是
> 爱人
> 生菜比爱人
> 靠谱
> 而且脆

虽然她从来都认为我说自己是诗人是一句玩笑话,但她还是被我念的"诗"逗笑了。笑完之后我们又看了看时间,她打了一个电话给谢薇薇问什么时候才能到。谢薇薇说,苏小茹跟她一起的,她们快到了。赵心怡把菜单给服务员,说可以上菜了,她已经没有什么耐心了。

谢薇薇，我挺欣赏的一个女性，比我小三岁，她在大学的时候找她妈妈要了两千块钱做淘宝生意，毕业的时候她除去购买奢侈品的钱还存下了四十万，算是赚了她的第一桶金。前两年她离开设计院自己开了一家设计公司，不过这两年经济不景气，也没赚什么钱。

她在工作上的魄力和野心远胜于我，我以前一直以为她是因为家里条件还不错，也靠着家里的关系做生意的。后来听她说了她创业的经历我才知道，她大学找她妈要了两千块钱之后就再也没有花过家里的钱，连大学的学费和生活费都是自己赚的。

她是一个很好强的人，在单亲家庭长大。她小时候家里经济条件不好，有一次她特别想吃冰激凌，哭闹着要买，她妈妈骂她不懂事。后来她妈妈做生意，家里条件也好了起来，但她无论想要什么东西都没有再开过口，大学创业那两千块钱和小时候想吃冰激凌是她这么大以来仅有的两次向她妈妈伸手要钱。如果一定要贴标签的话，她才算一个"女强人"，她在事业上比我要有野心得多。

我是通过赵心怡认识的谢薇薇和苏小茹。她们三个之前也是同事，不谋而合一起辞了职。赵心怡做各种买卖，她跟她男朋友设计的几款钥匙被美国一家公司看上，大赚了一笔，从事业上来说她也是成功的。

苏小茹是我们当中年龄最小的一个，我们叫她苏千万，据说她爸是她们当地叫得出名号的富商。她身上贴着"富二代"的标签，跟那些任性地拒绝回家接手家族企业并声称要靠自己养活自己的富二代不一样，她真的在很努力地经营自己的串串店。

在她身上看不出任何富二代的影子，去她店里经常看见她蓬头垢面地在后厨切菜，而她店里的员工则在喝着可乐玩手机。她抱怨过串串店的生意一般而租金又太贵，她快穷死了。我们本打算跟她说一些我们的营销或管理经验，而她的下句话是"我还是叫我妈把这个店面买下来吧，这样我就不用交租金了"。她这句话让我们所有人都闭了嘴，从根本上说，她不需要我们的任何意见，所以，苏小茹的人生也是成功的。

谢薇薇和苏小茹过来的时候比约定时间晚了一个多小时，赵心怡的脸色不太好看了。

谢薇薇裹着浅棕色的风衣，踩着十厘米的银色高跟鞋走过来，坐在我左侧，苏小茹一如既往素面朝天，穿着粉色的起球毛衣坐在我对面。

"你的脸色怎么这么差？"谢薇薇坐下对我说，她涂了正红色的口红，化了淡妆显得气色很好，完全看不出生过病。

"我最近在吃药。"我不太想提我生病的事，大部分时候她们看见的我都是病恹恹的。

"找个男人补补就好了，别瞎吃药。"谢薇薇说。

她们都不怎么在我面前提我抑郁症的事，每次都开着玩笑把这个话题岔开。就像我也不会无趣到主动提起她之前说的要离婚的事，不拿会让别人感到尴尬的事当话题是成年人基本的道德之一。

"好久没有看见雅姐姐带新男朋友出来了，是不是最近金屋藏娇了？"苏小茹也打趣道。

"她是小鲜肉太多，不知道带哪个出来好。"赵心怡说。她也没有再甩脸色给她们看，她脾气来得快，去得也快，心情好不好都摆在脸上。

"我最近吃素。"我说。

"连植物人都不放过，已经不能用丧心病狂来形容你了。"谢薇薇的话让我们几个哄笑了起来。

我们一边说笑着一边往锅里倒菜，看着她们吃得热闹，我的食欲也好了很多，火锅店嘈杂的烟火味让我有一种自己也在脚踏实地生活的感觉。有火锅，有三五好友，这种热闹冲淡了虚无感，要不是开了车我都想敬这样的生活一杯酒。

"你们再说我可又要念诗了哦。"我说。

"求放过。"她们异口同声。

我的感情生活是她们八卦的主题之一，她们经常要求我带男朋友参加聚会，而我每次带的男人都不同。再后来她们偶尔会提起我之前带过的男人，我都会回想一下她们究竟说的是哪一个。一方面是我确实带过不少男性朋友见她们，另一方面是我真的记不住了。

我曾经引以为傲的记忆力在最近一年衰退得很厉害，这是我服用精神类药物的副作用之一。记忆力衰退对我来说不是什么好事，但也不算太坏，生活中大部分的人和事都无关紧要，记不记得他们对我来说影响本就不大。我甚至想这大概是命运给我的另一种安排，让我丢弃掉过去的自己，走向重生。

她们时常羡慕我感情上的浪荡和自由，也从未见过我为感情的事烦过。如果我要说我是一个爱情主义者，她们肯定会认为这是我开过的最大的玩笑，这是比我说想当一个诗人更好笑的事。

她们觉得我是一个新时代女性，有独立的生活和精神，男人对于我而言不过是生活中的消遣。

"苏千万，你跟小富最近怎么样了？"我问苏小茹。小富是苏小茹的男朋友，他们俩确定恋爱关系时请我吃了一顿饭，之后我再也没有见过小富，他跟我的关系从朋友变成了朋友的男朋友。

"肯定两个人天天腻歪在一起，你是不知道现在有多难约到苏千万！"谢薇薇说。

"哪有？跟他还是老样子啊，我最近在忙店里的事。"苏小茹说。

她眼神里闪过一丝犹豫和落寞，我想是不是自己看错了。

"你们这些富二代谈个恋爱真是腻死人！"赵心怡也打趣地说道。

女人之间的话题除了贴着价签的东西就是贴着标签的男人，我们给各种男人贴上不同的标签：直男癌、渣男、经济适用男、猥琐男……这些男人被我们一一分类，而自己会喜欢哪一种在暗中已早早盘算好了。

每个人在其他人眼里好像都有一堆标签，每一张标签上都标好了属性，我们只需要粗暴地将这些属性一一分类，再暗自为每一个分类都标好价格。

我们闲聊了一些八卦，水足饭饱之后已经十点多了，便各自回家。每次热闹散去，我都不太愿意回家。通常我会找一个离家不远的路边坐一会儿，看从我面前路过的人，或是回到家把电视打开，让家里有点声音。有时候失眠太严重，我会去电影院选一部完全无法看下去的烂片，然后听着声音睡一觉。

我讨厌冬天的原因是没有办法在室外待太长的时间，我在二环高架上把时速控制在八十公里，昏黄的路灯在重度雾霾下显得更加昏暗。十二月晚上的风让我有了悲怆的寒意，我不自觉地加大了油门，恍惚之间我又松开了。

我想，"爱情主义者"这个标签只适合天真的亡命之徒。

我可能得抑郁症了！

第三章 谎言

如果有男人问我谈过多少次恋爱。

我都回答："三次。"

"这么多。"

"其实我的意思是今年我谈过三次。"

首先，经验告知人们不要相信一个文字工作者的话，他们什么谎言都可以言之凿凿地说出口。更不要相信一个文字工作者的情话，为了押韵，他们什么都敢写。就像不要相信民谣歌手嘴里唱出的爱情，那些不花钱的，他们都敢唱。

要当一个文字工作者很简单，当你会写"爱情"两个字的时候，你已经成功了一半。比如当你要写出心跳加速的时候，你只写芹菜、薏仁、酒精是不够的，"在我这个病人的世界里，芹菜、薏仁、酒精都可以让我心跳过速，或许还有爱情与你"。这种话就比单纯写芹菜、酒精更能糊弄人一些，其实有没有爱情，有没你都不重要，把渴望说出口的时候我们都愿意相信这是真的，对此，我们心知肚明。

当然我前面说的话也没一句是真的，你们听听就算了。

赵心怡问我："前天晚上你喝了多少酒？"

"喝了两杯威士忌，风暴系列单一麦芽苏格兰威士忌，酒精度45.8，特点是：烟熏、咸、甜，一款非常有个性的威士忌。"我说。

我撒谎了，事实上我喝了四杯，没有记错的话，喝下第四杯后我直挺挺地倒了下去。

我坐在赵心怡的车上，回头看了一眼医院，这个地方我不想来第二次了。

前天深夜她把我送进了医院,她晚上给我发微信、发视频、打电话我都没接。她急急忙忙冲到我家,家里的灯开着,敲门无人应答。所幸她有我家的钥匙,打开门后发现我晕倒在客厅。看着我茶几上的空药盒和没有喝完的酒,她打了120把我送到了医院急救,跟医生说我自杀了。

我醒来已经是第二天了,睁开眼的时候光线特别刺眼,恍恍惚惚以为自己在做梦,只觉得头晕和恶心。赵心怡看我醒过来,没忍住就哭了,眼泪吧嗒吧嗒往下掉。

"我为什么会在这里?"我问她。

我一张口发现嗓子火辣辣的疼,我咳了几声,捂住嘴的纸巾上都是黑色的血,我躺在医院的病床上一时有点搞不清状况。

"我昨天打你电话你不接,去你家发现你晕倒了,你吓死我了。"她拿纸巾把眼泪擦掉,女人哭的时候真是动人。

"然后呢?"

"把你送到医院来洗胃。"她说完又擤了一下鼻涕。

"为什么要给我洗胃?我晕倒一会儿就好了啊,洗胃多难受啊!"

其实我当时是有一点迷迷糊糊的感受的,好像有管子插进我嘴里,然后很多人按住我的手脚。

"去你的,医生说如果不是我发现了,你可能就死了你知不知道?"赵心怡情绪有些激动,看了看病房里的其他人后又压低了声音说,"你知不知道当时我有多害怕?"

"没这么严重吧?"

"你为什么要吃那么多药?是不是没钱了啊,没钱跟我说啊,我有。"赵心怡说。

"我就喜欢你这样的朋友,钱暂时还不需要,我就是太累了,失眠得厉害,就多吃了点药。"

这是我醒过来撒的第一个谎。

事实上是那天晚上我接到高伟的电话,他说之前认识的一个人跟我们做同样的行业,那个人想把我们公司合并或收购,他想了一下决定把公司卖了,因为他在公司的占股比我多五个点,所以他拥有公司的决定权。我说,我考虑一下。

挂掉电话我几乎是崩溃的,我总说我对这家公司的发展没有野心,但整整两年我几乎没有一刻真正放下过工作,虽然赚的钱不多,但多少人想在这个行业立足都失败了,我让这家公司在几十家同类型大公司的竞争夹缝中生存了下来,我想虽然慢了一点,但还是可以一步步变得更好的。

从公司创立开始,从来没有做过市场的我签下了近百家合作单位,公司的运营都是我一手操作的。目前只是因为公司暂时的亏损,高伟就要放弃包含了我所有心血的公司。听他的意思他不是在同我商量,只是告诉我这个决定。

焦虑和抑郁的同时发作让我彻底崩溃,我已经很久没有因为发病而失控过了。我无法靠自己来平息愤怒和焦躁,我手忙脚乱地把二十颗镇定药塞进嘴里,我需要靠药物来平缓我的神经,我不敢保证我下一步会做出什么。

药物要达到药效至少需要半个小时,血液浓度达到最高值需要两三个小时,我对这些了如指掌。于是我在这半个小时内喝了四杯威士忌,我不得不借助酒精来快速镇定自己的情绪,我的焦躁和愤怒在我倒下去的那一瞬间顷刻寂静了。

这不是我第一次因为吃药喝酒而晕倒，上个月我在家晕倒过两次，但在地上躺一会儿我就可以自己爬起来，我认为赵心怡把我送到医院来是小题大做了。

我在医院住了两天，赵心怡大部分时间都在陪着我，即便她离开也会交代护士特别照看我，我试图跟她解释我没有想要自杀。

她说："我知道啊，我对你这么好你怎么会胡思乱想。"她也没有跟任何人提起我住院的事。

这两天我很虚弱，大部分时间都是昏沉沉的，我努力不让自己去想公司的事，我给高伟发了信息说这个事过两天我回公司再跟他商量一下。

我住院两天收到几条微信，基本上都是男人找我，有约我看电影的、约我喝咖啡吃饭的。小野给我发微信说要找我谈点事，我没有跟他提我住院的事，只是跟他说我过几天再找他。

不知道什么时候我觉得我的眼睛变得浑浊，我看男人都持有怀疑的态度。

但凡一个男人对我热情一点，我就会问他："你是不是想睡我？"他们对我的问题猝不及防，一时不知道该怎么回应。

得到的答案无非两个：是和不是。说是的肯定是，说不是的就不一定了。

曾经一个男人说要来我家跟我看书。我问他是不是想来睡我，他说不是。我说，那算了。相比想睡我的人来说，我更讨厌撒谎的人，连睡我这件事都要遮遮掩掩，既没有真情也没有自我。

我曾经也问过小野这个问题,那时候他在网上对我很热情,他约我看电影。我问他是不是想睡我,他说,不是,他想有个姐姐,他把我当姐姐。

跟他看电影是夏天,刚下过一场暴雨,他接我的时候雨已经小了很多,他撑了一把黑色的大伞在小区门口接我。他车上是巴宝莉的烟草味男香,我说:"香水味道不错。"他说:"刚送了狗去做美容,我怕你闻着有狗的味道,就在车上喷了点香水。"

我们去峨眉电影制片厂的影院看的电影,看完电影之后他送我到小区门口问我:"能不能去你家坐坐?"我说:"不方便。"他说:"那我们在车上聊一会儿。"那天我坐在他车上听他介绍了一下自己的副业,他开了一家买手工作室,他不太懂互联网运营所以想听听我的意见。我给他提供了一些建议,他很快就领悟了。聊了一个小时左右,他看我满脸疲累就说:"你回去好好休息吧,我改天再向你请教。"

那天之后,他偶尔路过我附近的时候会约我喝点东西或是散散步,大部分时候是我听他说,说他过去的感情,说他生活的困扰,我在他那里成了一个合格的倾听者。

跟他的关系发生实质性进步是有一天他说他心情不好想跟我聊聊天,而我正在门卫那里看着六十斤的猫砂发愁,我问他:"要不要来我家?"他说:"好啊。"

我想搬猫砂是可以治疗心情不好的,特别是从一楼扛上七楼。聊了很多关于他工作的事,他说他要走了,外面下着大雨。他走出门口的时候回过头跟我说:"你进门灯坏了,下次我过来给你把灯换了。"

我说:"嗯,灯太高了我换不到。"

他换好鞋,准备打开门时我叫住他,他问我:"怎么了?"

我说:"你顺便帮我把门外那两袋垃圾一起带下去。"

后来,他再也没有跟我说他心情不好想跟我聊聊天了,也忘了要给我换灯的事。

小野似乎没有对我撒过谎,或许撒过,只是我不知道或是不重要。重要的是,时间长了,我确定他对我没有其他想法,我们也就成了无话不说的好朋友。

医院床位太紧张,有的病房不得不男女混住。隔壁病床是一个男人,他女朋友把削好的苹果用牙签插了一块要喂他,他把装苹果的饭盒接过来说:"不用,我自己吃。"他女朋友坚持要把那块苹果喂到他嘴里,他说:"你不是我妈,我也不是小孩子了。"女孩子的手僵在那里,然后默默地把那块苹果放进自己的嘴里。

隔壁床的男的看了我一眼,不知道是赌气还是觉得尴尬就把饭盒放在旁边,然后对他女朋友说:"我要睡觉了,你回去吧。"女孩子"哦"了一声,就帮他收拾桌子和饭盒去了。

我心想这种男人还照顾个毛啊,让他在医院自生自灭好了,还要受这种气!

是的,我很无聊。

我拿出手机又不知道跟谁说,跟家人说只是让他们徒增担忧。不想打扰朋友,因为大家各自有各自的烦恼,我不能把任何人都当成垃圾桶一样去倾泻我的情绪。还有一部分人对我住院这种事可以说是毫不关心,他们跟我生活的交集不过是他们在无聊的时候想起还有我这么一个可以出来吃饭喝东西的人而已,跟我现在无聊的时候想起他们是一样的,唯一不同的是我从来不会主动找他们。

  买房的时候我一个人去买的，别人问我你一个人来买房啊？我说，是啊。买车的时候也是我一个人去的，别人问我你一个人来的呀？我说，是啊。我想以后我去民政局别人也会问我，你一个人来结婚啊？我说，对呀。

  我想我在三十岁这一年看透了生命的本质，我不再为孤独感到难过，我对此习以为常，无需再竭尽全力去对抗。孤独像是长在我手臂上的一颗痣，只是长在那里，我不会再想把它抠下来，我看着它也不再觉得它让自己难堪，只要不癌变就无关痛痒。

  我住院的时候除了赵心怡来看我，其他时间基本都在睡觉。我很喜欢睡觉，有时候可以睡两天两夜。这种时候不多，大多是因为我遇到了很难的问题，我在当下无法解决或是无法做出决定的时候就会睡很久。我喜欢这种不费脑力和体力的短暂的逃避方式，因为睡着的时候像进入了另一个平行世界，这个世界里的一切都不在大脑的思考范围。通常在我睡醒的时候，我好像又有了力气去与这个世界对抗，我会很快想好我该怎么做或是选择什么了。

  赵心怡来接我的时候，我觉得我可以再睡一会儿。她一路上唠唠叨叨让我不要喝酒了，她为以前对我的纵容感到后悔和忧虑。

  "我少喝一点行不？"我说。

  "不行。"她几乎没有思考就说出了这句话。

  "那我加两颗枸杞呢？喝养生酒。"

  "也不行。"

"那不如让我死了算了。"

"那你少喝点。"她总是对我心软。

我庆幸我还有朋友,他们是唯一能跟我的生活粘在一起的部分,和他们的友谊是我生活中为数不多的能让我实实在在触碰到的东西。

"你一会儿想吃什么?"赵心怡问我。

"我没什么想吃的,我想回家躺着。"

"喝点粥再回家。"

赵心怡把车停在粥店旁边,我顺从了她,我想让她也安心,就努力地多喝了一碗鱼粥。

吃饭的时候,赵心怡的妈妈打来电话为她安排了明天的相亲事宜。据说对方家世不错,现在在政府部门工作。赵心怡无奈之下答应了明天去相亲,接了这个电话之后她显得有些沉默。

赵心怡对她父母撒了谎,她没敢告诉他们她有男朋友的真相,她说她父母永远不会接受他的。这件事我们都很费解,因为在我们看来,她男朋友刘聪是个不错的人,最重要的是他们彼此相爱。

年龄越大就越知道世间最难的事莫过于彼此相爱。

我听赵心怡说过她父母的强势和霸道,他们给予她不错的物质生活,也以此对她做出各种要求。但我始终认为在父母与子女的关系中,子女永远是他们的软肋,只要你坚持,他们就会妥协。这是我从我父母那里总结出来的。他们干涉不了我的任何决定,成年后我自己的生活都是自己选择的,他们只能给我意见,但不能替我做决定,在这一点上我没有给过他们支配我生活的权力。

吃完饭赵心怡把我送回家,她说:"要不我今天住你这儿陪你。"

"不要耽误我撩男人，万一有年轻好看的男孩子来看望我呢？"我有点虚弱，看她心情也不好，想让她回家好好休息一下。

"好吧，在医院你也没有休息好，你好好休息，有什么不舒服的一定要给我打电话。"她说。

"嗯嗯，你快走吧，我没事了，我可不想再去医院了。你开车注意安全，到了给我发信息。"我催促着她快走。

赵心怡给我带上了门，她走后几分钟给我发了信息，她说无论什么时候什么事都有她陪着我。

有人说："无论爱情还是友情，让你有安全感的都不是爱，而是偏爱。"我很赞同这句话，我们不停地试探着别人来找寻情感上的安全感，年龄越大，这种偏爱越发稀少和珍贵。

我躺在床上开始想公司的事，我给李喻发了微信问他有没有时间过来一趟。李喻是律师，唯一一个跟我一起睡过还能做朋友的朋友。

每次见他，他都会语重心长地跟我说："你不要犯罪，我不想去看守所捞你，那地方进去就是要挨打的，你这身体受不了的。"这话跟我妈说的很像，我妈也经常跟我说："我不求你大富大贵，只求你不要去犯罪！"我不知道他们怎么看我，居然会对我的要求这么低。

跟李喻认识是三年前在朋友的一个局上，传言中高冷的李喻对我表现出了极大的热情。那时候我浪荡神秘的名声在外，加上我极少见不认识的人，很多人也只是听过我的名字，所以男人对我好奇,一点都不稀奇。

李喻有不错的外形和不错的物质条件,加上平时营造的一种居家男人形象,很多女孩子对他有好感。他有意无意地把我当成了其他女孩子对他表示好感的挡箭牌,还要求其他人给我俩拍了一张略显亲密的合照。

三年前,我还没有开始服用精神类药物,抑郁症让我出现了严重的睡眠问题,几乎每晚都要靠酒精才能入眠。我曾经连续两个月每天跟朋友们泡在酒吧里,喝到微醺我便自己打车回家睡觉。

那时候我害怕一个人度过漫长又清醒的黑夜,从黄昏到深夜几乎要耗尽我所有的勇气。喝酒之后这些问题就像没有存在过一样,这些都是我酗酒的理由。

那天晚上我酒喝得有点多,晕乎乎的。我这个人有个毛病,喝多了要么想吃东西要么想睡觉。我问他们要不要去吃宵夜,他们都表示要回家了。李喻俯身在我耳畔说:"我陪你去吃。"我说:"好啊。"我很久没有感受过这种不言而喻的暧昧,荷尔蒙像在我大脑里跳舞的小人。

更大的原因是好奇,听别人说过李喻异常高冷,他们都怀疑他是同性恋,我想看一下他下一步打算做什么,是否真的跟传言相符。

把他们送出去打车,他们用揣测、疑惑、不言而喻的眼神看着我和李喻。李喻说:"别看,我今晚是她的人了。"我只是笑了笑,挥挥手让他们赶紧走。

凌晨两点的三环外冷冷清清,加上快要过年的缘故,很多店都不营业了,小摊贩也早早回了老家,走了很远都没有看见有我想吃的宵夜摊。

李喻问我想吃什么,我说我想喝白米粥。李喻说:"这儿离我家不远,我回去给你做吃的。"我心里暗自得逞地笑了,什么高冷,男人嘛,套路都一样。我嘴上却说:"好啊。"我心里基本否定了关于他的那些传闻,什么不近女色,都是骗人的。喝酒之后我的逻辑能力很差,另一方面我不讨厌他,我还想看他之后会做出什么事来。

路过他家小区门口便利店的时候,他说:"你在外面等我一下,我进去买点东西。"凌晨两点多的夜晚很安静,连风都没有,树叶在人行道上影影绰绰。

他很快从便利店出来,递给我一盒热牛奶,说:"你先喝点热的,暖暖胃醒醒酒。"我乖巧地接过他买的热牛奶,他拍了拍我的头笑了。

跟他回了家,他从鞋柜里给我拿了一双女士拖鞋说:"穿这个,我妈的拖鞋,她偶尔会来成都小住。"你去任何一个男人家里几乎都会有一双"他妈的拖鞋",这大概是男人常用的谎言之一。

他家是我见过的装修风格里最喜欢的,原木色文艺调,整洁干净,客厅里摆着一架大钢琴和一些其他的乐器。他招呼我坐下,给我打开电视,然后转身就去了厨房。我以为他说给我做吃的只是一个借口,没想到他的戏做得这么足。没一会儿,他就煮了青柠果茶,切了一盘哈密瓜给我端了出来。

"你喝点水果茶,我去给你熬点粥。"

"不用这么麻烦了。"

"我怎么敢亏待你呢,不麻烦,很快就做好了。"

我坐在客厅的沙发上，茶几下铺着灰色的羊毛地毯，踩上去软软的。电视里放着重播的娱乐节目，我一边吃着水果一边看他认真地在厨房里做饭，我承认那一刻我有点动心了。一个人生活太久，我已经快要忘记一个男人认真给我做饭的感觉。上一个这样做的人是叶穆，他做饭手艺不行，每次都要一边做饭一边看菜谱。

李喻熬了粥，还给我炒了一盘青菜。他没吃，一边陪我聊天一边看着我喝粥，他聊起我时说，之前对我很好奇。我问他为什么。

他说："你很出名啊！"

"因为我太浪，名声不好吗？"

"恰恰相反，他们都觉得你很高冷，难以接近。"

"那你觉得我高冷吗？"

"还好啊，很好玩，也挺平易近人的。"

"那你知道他们怎么说你的吗？"我说。他一听聊到自己的八卦顿时来了精神，我说，"他们说你也很高冷。"

"那你觉得我高冷吗？"

"还好啊，挺热情的啊。"

"那是对你。"他说。

喝完粥之后，我收拾碗筷。李喻叫我别动，说今天太累了，明天他自己洗。我喝完粥脑子清醒了一些，也觉得有些困乏了，索性也就把碗筷放在餐桌上。我们俩坐回沙发上接着聊天，聊到四点的时候我只觉得非常困，剧情也根本不是我想的那样。那时候我头脑不清醒，没有想明白今天晚上发生这些事的逻辑在哪里。直到第二天我睡醒之后才理清楚，李喻的目的跟我一样，都想看别人口中那个高冷不可亲近的人的底线究竟在哪里。他跟我一样贪玩和好奇。

"睡觉吧，都四点了。"我终于忍不住开了口，我心想总有一个人要说出这句话，那时候我们还在试探彼此的底线。

"好，你去洗漱吧，我给你拿毛巾牙刷。"李喻在储物柜里拿了牙刷和新毛巾递给我。

"你有没有T恤？"

"有，我给你拿。"

我洗完澡套上他宽大的T恤，穿上内裤走了出去，他衣服太长太大，领口已经滑落到我肩下了。他愣了一下打量了我一番说，你太瘦了，衣服都挂不住。

我去他卧室钻进了被窝，床很暖和，他很早就贴心地开了电热毯。他也跟着进了卧室，问我睡觉是开着灯睡还是关了灯睡。

"都可以。"

"床头灯开关在这里，我给你开着，你要不习惯就自己关。"说完他叫我换了一个枕头，说他习惯睡这个枕头，然后抱着枕头说，"我就不陪你睡了，我去客厅睡。"

他家挺大的，但是只有一间房是卧室，其他房间是书房和健身房，因为他一个人住。我贪玩的本性又出来了，我不相信一个男人带一个不熟悉的女人回家就是为了给她做一顿消夜。但我一开口就成了"你还是睡床吧，沙发太软对腰不好，你放心，我不会碰你的"。

他想了想转身去了客厅，抱回了一床小毯子，连同枕头一起扔在了床上。他摆好枕头，衣服都没脱，抱着小毯子睡在我旁边，跟我聊天，话题是他的前女友。

我们就这样又聊了一个小时。喝了粥很想上厕所,我跟他说,我去上厕所了。回来的时候他已经开始打呼噜了,我困得不行,迷迷糊糊也睡着了。没有睡多久我觉得有一些冷,我睁开眼,光线从窗帘里透过来,天已经亮了,我看着他依然抱着他的小毯子侧身睁眼看着我,眼神很严肃。

"你这么早就醒了?"我问他。

"你为什么半夜要把电热毯关了?"他没有打算回答我的问题。

"电热毯温度太高了,你的被子太厚了。"我实在觉得温度太高才关掉的电热毯。

"你为什么不把温度调低而是要关掉?你知不知道昨天晚上我差点冷死在我自己家里我自己的卧室我自己的床上?"他不依不饶地继续审问我。

"你为什么不自己过来把电热毯打开呢?"我不甘示弱地反问他。

"万一我腿跨过来的时候你突然醒了,这个事情我该怎么给你解释呢?"他依然一脸严肃,打算跟我清算我昨晚上关电热毯的旧帐。

"你可以下床绕过来呀!"我觉得他在无理取闹。

"我冷得动都不想动,我还要下床?"他有些义愤填膺。

"那你不是冷死的,是懒死的。"我不知道一个人宁肯冷死也不打开电热毯是什么心态。

"都说到这个份儿上了,你还不给我把电热毯打开?"他说。

我连忙把电热毯打开,大清早的我们为了这个电热毯的问题争执了一早上，他依然紧紧地抱住他的小毯子，没有打算跟我盖同一床被子。

这时候我的大脑完全清醒了，我们俩又这样躺床上聊了几个小时才起床，他起来给我烧了热水递到我手上。我们出门吃饭，外面阳光照在身上懒洋洋的，有了一股初春的温暖。

"也就是我们俩定力好，换做其他人早不知道乱成什么样了。"他一脸骄傲地说。

"你还觉得这个事很值得骄傲啊？"

"要不然呢？"

所以这个事让我成了朋友们的笑柄，都骂我没用，我心想这个事远远比睡一个男人要有趣得多。

后来他经常约我吃饭喝酒，然后陪我散散步再送我到楼下，我跟李喻就这样成了好朋友，我都快忘记那天晚上对他有过短暂的心动了，我们开玩笑也会说好歹我们还睡过。李喻对我很温柔，他似乎能捕捉到我脸上任何一点表情的变化。他也曾在其他女孩子面前说他喜欢的人是我，我知道这句话也是他为了避免麻烦而说出口的谎言。

有的人说谎成性，有的人，温柔也只是他们的习惯和天性使然。谎言和温柔都不足以代表爱情，但能用一生延绵出温柔的一定是爱。

李喻给我回微信说他今天有事，问我是不是有什么事。我说，没事，明天见面再说。他没有再回我信息，今年我只见过他两三次，因为精神状态太差，我不太想见人，尤其是药物强烈的副作用让我经常呕吐。

我跟医生沟通过我呕吐的问题，她认为我的呕吐是焦虑症的反应，我服用的药物都是非常温和的，老年人每天的服用量都比我的大。她丝毫没有考虑过个体差异，我本身对药物就比一般人更敏感，所以药物的副作用在我身上也更加明显。

  我的抑郁症持续了很多年，跟叶穆在一起的时候我没有意识到我有抑郁倾向。那时候我不想出门，不想见人，他几乎是我生活的全部，我依附在他身上像一只柔弱的寄生虫。

  他对我这些问题照单全收，他从不要求我做任何我不想做的事。我在家一宅就是两年，每天他去上班之前还要叮嘱我按时吃饭，他工作的时候会抽空给我发信息，有时候刚收到他的信息，他的电话就打过来了。我问他什么事，他说没什么事，就是想听我的声音了。我想在家做好饭等他回来，他总说不想我那么辛苦，让我等他回家一起做。

  那时候我每天唯一需要出门的事情就是去楼下等他下班，他从不让我在公交站等他，因为从家去公交站需要过一个红绿灯，他说我过马路从来不看车，所以他从来不让我自己过马路。每次我都站在马路对面等他过来牵着我的手一起去超市买菜。

  在超市里我计算着买什么更划算，我没有收入，叶穆的收入也不高，我精打细算的样子让叶穆很愧疚。

  买完菜我们回到家里，我做饭他就陪我聊天。吃完饭，有时候他会弹弹琴唱唱歌，或是我们一起看看书或电影，然后讨论一下我们觉得这些书里或电影里有趣的细节或是一些观点。他会等我睡着之后再一个人打开电脑工作，我经常在半夜睡醒时发现他还在加班，这就是那两年我们每天的生活，贫穷、平淡。

  我曾经问过他："我这样是不是很没用？因为我才让你压力

这么大。"他说:"你跟他们不同,你不需要过世俗的生活,你只需要好好写你的文章,这是你的理想也是我的理想,我想看到你可以实现你的理想。你曾经为了我的理想放弃了那么多,我做的这些跟你的付出相比是微不足道的。"

那时候他为我构建了一个隔绝喧嚣的小世界,他像铜墙铁壁一般把我保护了起来,我在他造的摇篮里不谙世事,不用忧虑外面世界的艰难。

当我读到米兰·昆德拉的《生命不能承受之轻》里面那段"人一旦迷醉于自身的软弱,便会一味软弱下去,就像在众目睽睽之下倒在街头,倒在地上,倒在比地面更低的地方"的时候,我无法抑制地痛哭,我为我的软弱感到羞耻,我不敢面对外面的世界,我躲在叶穆的羽翼之下苟且偷生,我把我作为一个人需要承担的责任都让叶穆替我背负了。

在我决意要站起来回到正常的社会中的时候他离开了我,将我这个一无是处的废物扔进了洪水猛兽般的社会中。那时候我也不想再拖累他了,他是天才,他应该有海阔和天空,而不是跟我过着平庸的生活,还要为一份不喜欢的工作加班到深夜。

叶穆走的时候给我留了一张银行卡,他说那张银行卡里每个月都会有钱,除非他死了。

他对我说:"除了你,我不会娶任何人,你等我几年。"这句话是他在我这里撒的最后一个谎,他没有再回来,还娶了别人。

他离开我一年后做了很多他很喜欢的事,去拍了电影,重新追求起他的音乐,这才是他应该过的生活。再然后,他去了一家寺庙剃了光头当了和尚,打坐习经练习书法。从分开到那时候,他会省钱买礼物寄给我。直到他离开我的第五年，他从寺庙出来跟他妻子相识相恋然后结婚，他的生活和银行卡每个月的到账我都一直默默看在眼里。我已经很久没有对他说过只言片语，最后的对话是问他地址，我把银行卡寄还给了他，切断了我跟他唯一的关联。

跟叶穆分开之后的大部分时间，我像失去了感受快乐的能力，每天睁开眼就是为了寻找一点稀薄的快乐，让我可以熬过这一天。我对任何事都失去了兴趣，我把所有精力都倾注在工作上，我可以不休周末也不休任何节假日地每天工作到深夜，日复一日地消磨时间。

我麻木地看着我每个月可观的工资，每次发了工资我就到商场去扫荡一圈，不花万把块我不会走出商场，但在购物这件事上我也没有任何快乐可言。我那时候很想告诉叶穆："我有钱了，我们不需要再过穷日子了，你可以去做你想做的事了。"

我在他看不到的地方弥补着我们过去欠缺的，我亦想让他回头看看我，我在改变，我不是那个一无是处的废物了。我的能力得到了很多人的认可和羡慕，可是，我不在意他们，我只想得到他的认可。

我已经记不清我有多久没有真正地感到过快乐了。我总是莫名其妙地流泪，每次走在窗户边总想跳下去，走在大街上看着来来往往的车辆，总想冲上马路以最惨烈的方式抛弃这副沉重、痛苦的皮囊。我想只有这样我的灵魂才可以从这副皮囊里解脱出来，飞到一个自由的地方。

这些也是叶穆看不到的，他不知道我清醒的每一分钟都在经历什么样的煎熬。我默默承受着抑郁症的痛苦，直到我的身体因为焦虑症出现了躯体障碍,我才意识到我只能依靠药物来缓解我精神和身体的双重痛苦。

在精神病院确诊我有重度抑郁和重度焦虑症之前,我一直以为是我的心脏出问题了,心悸胸闷让我几乎没有办法工作,我去做了心脏和呼吸系统的全套检查,医生说我的身体很健康。后来我才知道这是因为焦虑引发的躯体障碍,再后来焦虑症愈发严重,让我呕吐、颤抖、四肢发麻,我的神经像有蚂蚁在爬、在啃噬,而药物可以让这些症状很快消失,跟这些痛苦相比,我可以忍受药物带来的副作用。

我躺在床上,这几年的事模模糊糊出现在我脑海里,抑郁症和焦虑症的反复和交替让我如同困兽,我无论怎么努力都无法挣脱这坚不可摧的牢笼。我打开床头柜,拿了两颗劳拉西泮片和百适可,我看着这些白色小药片,叹了一口气把药吞下。我不能私自停药,我曾经擅自停药,之后一周的戒断反应让我时刻都想去死。

赵心怡给我发来信息说她已经到家了,问我有没有觉得难受什么的。我跟她说我很好,让她早点休息。

她说:"对了,跟你一个病房那个男孩子跟我要了你的微信。"

我说:"你们是怎么勾搭上的?他怎么会有你电话?"

她说:"我留给他的呀,我不在的时候叫他帮我看着你,护士那么忙不能随时看着你,你有什么事他可以及时给我打电话呀!"

我说:"那他加我微信干什么?"

她说:"哦,他跟我说他喜欢你。"

说到他对我的照看我更来气了,我的微信弹了一条新的好友添加信息,我没有搭理。首先我讨厌那种有女朋友还到处勾搭的男人,其次他真的很让人讨厌。

我在医院的第二个晚上,我叫赵心怡不用陪我,在医院她休息不好,她也有事就回家了,留我一个人在病房。晚上的时候我的脑子还不是很清醒,我迷迷糊糊地上了厕所躺回床上,躺了一会儿我感觉有人在看着我。我睁开眼,看见他坐在旁边的病床上似笑非笑地盯着我。一个胡子拉碴、体型消瘦、顶着熊猫眼的男人。

"你有病啊?看个毛啊!"我没好气地对他说道。

"大姐,你睡在我的床上了。"他没有生气,语气很平淡。

我看了一下,我走错了床位,我和他的床位是挨着的。

"那你早点说呀!"我恼羞成怒,从床上爬起来。

"天气这么冷,我想等你把我的床睡暖和了再叫你起来。"他从我床上站起来,侧身躺回了他自己的床上。

"真暖和。"他补充了一句,这让我更火大。我没有精力理他,躺回我床上玩手机了。

第二天早上醒来睁开眼,发现他还在看着我。

"你还看?我没睡错床。"我不耐烦地说道。

"你朋友拜托我要看着你,我当然要看着你,受人之托忠人之事。"他说。他好像对我表现出来的厌恶和不耐烦毫不在意。

"别,你管好你自己吧。"我转过身没再搭理他。

后来我听赵心怡说他是食物中毒,我出院那天早上他就出院了。很多人对艳遇的热衷让我有些困惑,这种烂俗的故事却仍然可以让人想象成黯淡人生中一束夺目的极光，一剂平凡生活中的兴奋剂。期待自己在某一个擦身而过的时刻点燃对方的眼睛，让她一见倾心，宽衣相慰。很多人把酒吧、图书馆、展览甚至医院当成了猎艳场，这个世界里荷尔蒙的味道弥久不散。

　　我对任何形式的艳遇都毫无兴趣，我讨厌一切打乱我计划的事，我喜欢按部就班有计划地去完成一件或是几件事。比如旅游就是旅游，我不会去谋划一场艳遇，也从不会为艳遇去巧立名目，或是在我的计划里顺便去制造一场艳遇。

　　我也从来不染指同事、朋友和有伴侣的男人，他们都在我的捕猎范围之外。我尽量避免各种可能会给我生活带来麻烦的事情，我对这类游戏毫无兴趣，我的兴趣在于我猎取的男人从来不会是偶然的，而是我权衡之后的选择，也可以说是蓄谋已久的计划。

　　所以我没有打算理他，睡意在我的身体里蔓延开，我沉沉睡去。

　　我在梦里看见一个巨大的月亮挂在树林的那一头，我穿过经历着寒冬的树林，树木的枯枝划过我的皮肤，灰白色的月光冷冷落在我身上。我想靠近那个月亮，我走到树林的尽头伸出手想触摸它，却摸到了一块冷冰冰的玻璃，而月亮仍在玻璃的那一头。我回头看去，树林里空无一人，我身处一个隔绝的世界，让我想不起任何跟我有关的人，只是隔着玻璃看着月亮发呆。

　　早上睁开眼，冬天微弱无力的阳光透过窗帘，倒显得柔和。晚上的梦又清晰地在我脑子里重复，我已经习惯了药物给我造成感受强烈的梦境。我起床倒了一大杯水喝，看了看时间已经十点多了,我给李喻发信息问他什么时候有空,他说他在事务所处理一点事情,叫我去他那边等他一会儿。

他的律师事务所离我家很近,走路也就不到二十分钟的路程。我简单洗漱了一下,换了衣服就往他那边走了,我在他事务所附近找了一家咖啡馆,要了一个小包间,坐了不到半个小时他就过来了。

他坐在我对面点了一杯咖啡,这是我第一次看见西装革履穿着如此周正的他。

他直接问我:"什么事啊?张总居然亲自出来见我了。"

我说:"张总要破产了,你的咨询费收便宜一点。"

我把公司的事跟他大概说了一下,想咨询一下他,在法律上我应该怎么做比较有利。

"你的股份合同带了吗?"他问我。

我皱了一下眉,心想我怎么把这个忘了。我说:"我忘了,要不我回家拿?"

他说:"不用这么麻烦,我听了一下不是什么大事,而且收购或合并都不是一两天能解决的事,你回家把合同发给我看一下,我帮你想一套有利的方案。"

我说:"有你在我就放心多了,你把费用报给我,我到时候转账给你。"

"跟我这么客气,好歹我们也睡过不是,谈钱多伤感情,张总请我吃顿饭就可以了。"他很诚恳地拒绝了我要付费咨询的要求。

"亲兄弟明算账,我可不想欠你人情。"我喜欢公私分明,人情债往往是最难还的。

他犹豫了一下说:"当是我欠你的吧。"

我正打算问他欠我什么了,这时候赵心怡给我发了一条微信过来:你给我打个电话过来。这句话是我们之间的暗号,通常我们在约会但想快速脱身的时候就会给对方发一条这个信息。她应该是在被迫相亲,但不想再跟对方聊下去了。

"我闺密在相亲,我给你演示一下,我们女人是怎么撒谎的。"我笑着跟李喻说,我拿手机拨通了赵心怡的电话,打开了免提。

电话响了几声,赵心怡接通了电话:"喂,小张啊,什么事?"

"赵总,公司有份材料必须要您回来签字盖章。"这些谎话我们张口就来。

"我现在在外面有事,这个事你找黄总吧。"

"黄总说了这个事他做不了主,必须要您签字盖章,甲方等着要呢。"

"这个事他怎么就做不了主了?之前不都是他签字盖章吗?"

"黄总说有一部分是您负责的,所以必须要您签字盖章才行。"

"这个事昨天你怎么不跟我说呢?现在着急要了才找我,我现在赶不回来,等我明天上班再说。"

"不好意思啊赵总,我也是今天才知道的,甲方那边又着急要,您看您能不能回一趟公司。"

"你都是怎么办事的,这么重要的事你事先不了解清楚,这就是你的工作态度吗?你跟甲方说一下看明天行不行,不行再给我打电话。"赵心怡挂掉了电话，我都可以想像得到她在电话那头浮夸的表演，可怜我这个张总在电话这头被骂得跟孙子似的。

李喻一直忍住没有笑出声，挂断电话之后他一边笑一边说："哎，小张，晚上来我办公室一趟。"

"嘘，不要笑，我又要打电话了。"我拨通了赵心怡的电话。

"喂，小张，甲方那边怎么说？"赵心怡接起了电话。

"赵总，我跟他们沟通过了，今天这份材料必须得交过去，只能麻烦您回一趟办公室。"我自己都快忍不住要笑了。

"真是麻烦死了，以后你们工作能不能细致一点，别老是搞这种事。我一会儿就回来。"

"好的，赵总。对不起，赵总。"我说完之后挂掉了电话，自己都忍不住笑了起来。我知道赵心怡不止是想脱身，而是想在对方面前表现得性格火爆、强势，让对方知难而退，借此避免下一次约会。

"对了，你还没说你欠我什么了。"我问李喻。他的笑一瞬间僵住了，有点犹豫不决的样子。

"我跟你说了，你别生气。其实我早就想跟你说，但一直没好意思说出口。"他有点小心翼翼。

"我倒是很好奇，你有什么事能让我生气的？"我跟他生活中的交集很少，而且每次见面都只是吃饭喝酒聊天而已，没有感情瓜葛也没有金钱上的往来。

"有件事我骗了你，你还记得潇潇吗？"他说。

"记得啊，只是好久没有见过她了，她也很久没有跟我联系了，不知道她最近在干吗。"

潇潇是我之前认识的一个朋友，认识李喻的那个聚会我也带她去了，所以他们也认识。李喻没有说话，我出于直觉问他："你们上过床？"

"嗯，不止上过床，她还在我家住了几个月。"李喻把他们的事从头到尾跟我说了一遍。

喝酒的第二天，潇潇加了他微信，因为第二天他回家过年去了。潇潇一直给他发微信讲述她凄惨的身世，讲她如何被男人骗，还打过胎。李喻觉得她单纯、可怜，对她有了怜悯之心。

在他过完年回成都的时候已经深夜了，潇潇要了他家的地址打车过去找了他，而他没有办法拒绝这样的事，他说他不是想推卸责任，这个事他有很大的责任。

后来潇潇就住在他家不走了，找些借口让他给她买东西，他知道她没有工作，所以也会给她一些钱。他想过要跟她在一起，但是后来还是无法接受她，就让她回了家，不久就删了她的联系方式。

他说："我在感情上很渣，但我把感情跟友情分得很清楚，我对她们很随便，但对你不同，我真心把你当朋友，而我这么对你的朋友是我不对。潇潇说你是她闺密，那时候我一直对你有愧疚。"

"我不是她闺密。"我说。

我一时不知道该如何反应，我不知道这时候更应该讨厌他们俩哪一个。

我一直把潇潇当成一个很单纯很善良的姑娘，总是认为她智商不高怕她被骗。我给她意见给她支持，我像对待妹妹一样对待她。跟李喻认识后我还跟她说了我跟他之间的事，也告诉她我对这个男人有好感，而她在第二天就背着我勾搭上了他，我在她面前才是一个弱智。而从他们在一起到分开，她都对我殷勤有加，经常约我一起吃饭一起玩，对李喻只字未提。

直到后来因为我吃药，慢慢地才跟她少了来往，她没什么事也不再联系我。

当我把跟她认识之后的一系列事情串联在一起的时候，那一刻我都怀疑我的识人能力和智商了，我被一个看似傻白甜的姑娘欺骗了快三年。我想前两年里她对我的所有殷勤只是因为可以通过我认识到有钱或优质的男人，我仔细回想了一下，她几乎把通过我认识的所有男人都勾搭过了。我清楚地记得有一次小野跟我提到过她，说她对他热情得过分了。

后来她不再联系我，原因是我状态不好断掉了大部分社交，我也不再认识新的朋友，所以我在她那里失去了价值，她也不用再对我殷勤。

我怀疑过她的经济来源，她没有工作也不愿意工作，也没有长期交往的男朋友，我曾经以为是她家里经济条件不错，可以供养她。后来了解了她家的经济状况之后我确定她家里根本供养不起她的消费，她的吃穿用度不比我的花费少，朋友圈里发的是到处旅游的照片，而要维持这个水平的消费，她的月收入哪怕过万都是不行的，还要有充裕的时间。

可是我内心不愿意把她往那方面想，我更愿意相信我看到的她的那些好的品质。

我对人的疏离感很重，也从来不主动联系朋友。我感激朋友们对我的热情，对我性格的包容，在我看来他们如此可爱，那时候我对潇潇也是这样看的。

这件事像泼进我心里的一盆冰水，我对李喻和她在一起过的事不生气，我早就把他当成了朋友也早就没有了其他想法。李喻对我的好和维护皆是因为他对我的愧疚，而潇潇，从头到尾都在欺骗我利用我。虽然他们这些事从实质上来说对我的生活没有影响，但李喻对我的愧疚以及她对我的欺骗都是对我的侮辱，我不容许任何人愚弄我的智商。

李喻跟我坦白了所有事之后，我一时不知道该做出何种反应。我想了想觉得还是应该表现得毫不在意，我不想在他面前抖出潇潇欺骗利用我的事。这样的愤怒会显得我过于愚蠢，会让我在他们面前彻底成为一个笑话。

我身心疲惫，跟李喻寒暄几句之后说我太累了想回家休息了。他问我："晚饭都不一起吃了吗？"

我突然觉得恶心，我的胃翻江倒海，我连跑去厕所都来不及，侧过身就开始呕吐，李喻连忙找了一个垃圾桶放在我面前，因为我最近吃的东西太少，除了刚喝下的咖啡和胃酸，什么也吐不出来。

"我送你回家休息吧，你这身体。"李喻伸手拍着我的背说。

我撕心裂肺干呕了好一会儿才消停，李喻连忙叫服务员给我倒了一杯热水。"来，喝点热水。"他把水递到我手上。我接过水抬起头看着他，眼泪在我眼眶里打转，他摸了摸我的头，我的眼泪顺势而下，他拿了纸巾轻轻帮我把眼泪擦掉。

我深呼吸了几口，又灌了几口热水，平息了情绪跟他说："我没事了，回家休息一下就好了。"

"我送你回去。"他说。

我说："不用了，我打个车两三分钟的事，不麻烦你跑来跑去。"

"你这样我怎么放心呢，我也没什么事要做，我送你回家之后我就回家了。"他没有给我拒绝的机会，搀扶起我出了咖啡馆，他说："你在这里等我两分钟，我去开车。"

他去停车场把车开了出来，我坐在车上一句话都没说。他把我送到了家门口，我打开车门的时候，李喻提醒我说："你好一点的时候把合同拍下来发给我，我帮你解决。"

我转过头看着他说："不用了，我已经想到办法了，你回去吧。"

说完我头也没回，他在我身后叮嘱我好好休息，我背着他挥了挥手。

我回到家想起高伟，想起李喻和潇潇，脑子里有无数个声音出现，这些不同的声音让我焦躁、难过、愤怒，我分不清哪些是真话哪些又是谎言。

人心太过复杂，我从小被父母关在家里，天性与人疏离，离开学校后我的生活又只剩下叶穆，我在人性这一课题上毫无准备。

在无数个瞬间我想逃回自己那个小小的世界里，再也不要出来，但我回不去了，没有了叶穆，我身后的故乡已是悬崖绝壁。

短短几天时间，我因为天真而把自己搞得遍体鳞伤，我对自己很失望，我暗暗想我不会再让任何人欺骗和愚弄我。

短时间经历了一系列的复杂情绪之后，大脑居然出现了这段时间前所未有的冷静。人体的自我保护机制真的很强大，伟大的造物主啊，给了人弱点又给了人一套自私的防御体系。

我自私的自尊心让我不能让步或认输，我要赢。

我可能得抑郁症了！

第四章

自尊心

我给高伟打电话,叫他明天约对方公司的负责人面谈,顺便从他口里探了一下对方的底。对方公司老板的名字我听过,我们这个行业基本上互相都是认识的,即便我不认识,我的同事里也肯定有认识的。

他们公司成立时间比我们早两年,目前规模在五十人左右,但我在合作单位那里极少听他们提起,那就证明一点——他们在我们这个行业做得并不出色。

我心里有了七成的把握,因为他们的实力根本不足以收购我们公司。他们只是虚张声势,真正的目的是合并,用最低的成本获取我们的资源。而对于创业公司而言,最低的成本就是:画饼。

洞悉他们的意图之后,剩下的就是明天的见招拆招,我要保住我想要的东西。

到了三十岁,我会经常提醒自己:"你不是故事的主角,或任何人的核心,你所承受的伤害和痛苦是每个活着的人都会遭受的,你没有豁免生活苦难的特权,你本就是一个普通人。"

这种提醒没能让我心甘情愿地认命,我是一个彻底的悲观主义者,人生本就苦多于乐。很多时候让我不服输的是那颗高傲的自尊心,在这个世界我想要的本就不多,我只能努力去保全,这是我所剩不多的赤诚和勇气,也是我作为一个成年人在生活面前仅有的体面。

赵心怡晚上给我打来电话问我的身体好些没,我没有跟她说今天见李喻的事,我问她:"今天相亲好不好玩?"

她听我提起这个事马上开启了吐槽模式,她说:"那男的问我多久做一次护肤，多久做一次头发。我就说头发半年做一次，没有去做过护肤。他一听我这么说就非常嫌弃地说：'你怎么能忍受这样的生活？我一个月不护肤不做头发我都受不了的。你以后跟我在一起了可不可以这么不讲究了，你都二十七啦，要好好保养自己啊，女孩子年龄大了老得很快的。'"

我忍不住哈哈笑了起来说："这么精致的男孩子你要好好珍惜啊！"她说："恨不得把鞋脱下来摔他的脸上，还说什么像你年龄这么大了还没结婚一定很着急吧？他长得又矮又肥哪里来的自信觉得我以后会跟他在一起？宝，你知道吗，我感觉自己受到了侮辱。都说别人给你介绍什么样的相亲对象那就代表你在介绍人心里是什么水平，我是不是很差呀？"

我连忙说："怎么会呢，你那么美。现在女人要是二十七八还不结婚，他们就认为只要对方是个男的，没有残疾，就跟你很般配了，要是对方在体制内工作那就算你们家高攀了。"

赵心怡虽然这几年长胖了很多，但依然是一个实打实的美人，精致的五官、白皙的皮肤和傲人的胸部。她也不缺男人喜欢，被一个又矮又肥的男人这么说，心里肯定骂过对方八百多遍了。我一直认为她在相亲上是非常有市场的，长了一副旺夫相，为人处事大方得体，说话声音也甜甜的讨人喜欢。一副一看就好生养的身材，男方家长都会很喜欢这类型。

在相亲市场上自尊心很容易受伤，感觉自己像一件商品一样被人衡量、标价、挑剔。

我也被家人逼去相过亲，男人约我在咖啡馆见面，我穿了一件绿色真丝衬衫、一条牛仔裤和平底鞋，化了一个日常淡妆就去了。他看起来一副老实人的模样，穿了一件不太合身的休闲西装，头发上抹了厚厚的发胶。他看着有些土气，是一种精心打扮过的土气。

他做了自我介绍之后，我也礼貌地做了自我介绍。但我没有说自己创业的事，只是说自己做互联网的，也避开了收入这个事。他说他在国企工作，加上奖金每个月一万多。

他显然对我避开收入这个事很不满意，于是很直接地问了我的职位和收入。我对这种明码标价非常反感，也看得出他对自己的工作和收入很满意或者是自满。

我说："我做运营的，都说对象的收入是两倍的话关系会比较稳定。"他立马很失望地说："你才几千块一个月啊！"

我微笑着说："你误会了，我的意思是，我是你的两倍。"他顿时没有了之前的那种自信，表情和动作显得很局促。我适时收手，买了单，礼貌地告了别。

如果可以穿越时间回到二十岁，我是不愿意的，相比二十岁年轻的容貌，我更愿意拥有三十岁的底气。我二十岁的时候迷茫、无助、狭隘，又什么都想要，但不知道自己能拥有什么和真正要的是什么，三十岁的时候在得失之间已自有抉择了。

简单地说，百分之九十五的男人的自尊心都可以用物质来碾轧，还有百分之三的男人拥有不错的物质条件，最后剩下的那百分之二是快乐的傻子。

第二天早上我跟高伟去了对方的公司，在路上的时候我跟他说，我会尽量让对方开出更好的收购或合并的条件。

对方公司的老板很热情地招呼了我们，高伟为我们互相做了介绍，寒暄之后他带我们参观了一下他们公司。他们公司看起来跟我们公司差不多，整体看起来就一个字：穷。

不过他们公司人数比我们多了很多，我们公司的很多工作都被我和高伟承包了，他负责财务、技术和日常行政，我负责运营和新员工的培训，这样又节约了一笔开销。

很快对方就谈到了正题上，他说现在像我们这样的小公司生存的困局，过不了两年，市场会被其他大公司全部瓜分，我们如果不联合起来只有死路一条。我说过他的本意根本不是收购我们公司，只是想合并我们的资源。

高伟在旁边附和着。我知道公司面临的压力很大，创业这条路太难了，没有投资，我们要快速发展起来是不现实的。我没有在这个点上提出异议，我问了一下他们公司的运营投入和收益，对方也很坦诚，说他们为了抢占市场，每个月在运营上投入的成本很大，所以去年他们的年收益只有六十万。

不出我意料，他开始画饼，说我们两家公司合并之后会达到双赢，能在我们行业的市场上占据一席之地，到时候再引进风投，跟其他大公司平分秋色。

这种说辞，搞互联网的都能说得一样一样的。我问他："打算怎么合并？是直接收购，让我们员工带着客户资源过来上班，还是给我们股份？如果是给股份，那我和高伟在股份上又是怎么分配呢？"

他说，打算合并给我们股份，我们公司所有员工都过来上班，工资不变，只是换一个办公地点而已，股份这个事可以慢慢谈。

我说："既然打算给我们股份，那我们就是合伙人，公司应该谁来决策？如果决策人没有达到季度计划或是年度计划该怎么办？在公司的职位或股权划分上是不是有一个公平合理的考核？"

他连连点头，觉得我说得很合理，说之前欠缺考虑了。我的步步逼问让他乱了阵脚，他只是说这些都是可以一起商量的，高伟为了在之后多分一杯羹也开始跟着我的思路附和。

我打算快速结束这场闹剧，我说："你们公司每年在运营上这么大的投入，恕我直言，你们的年收益不是很乐观。我想，你之前了解了我们公司的大概情况，我们公司人数只有你们三分之一，去年我们的纯收益是一百万以上，今年就算业绩回落，我估算也有七十万。如果要合并，那我们的年收入肯定不能比我们之前的低，我们也很希望可以促成合作，但我需要看到一份我觉得合理且可以达到共赢的年度计划，这样我们双方合作才有信心。"

对方显然太没有应对的经验，合作本身就是利益与风险的共同承担体，没有人可以只谈利益不谈风险。另外我们公司在人力资源、管理上如此明显的缺陷也被我用年收益掩盖过去了。一家公司创办两年，在盈利的情况下才不到二十个人，那就意味多个职位空缺，人力资源不足，以及极高的人员流失率。

高伟只会觉得我是在为我们争取更多的利益，不会认为我从一开始就没有想过要合作的事。

对方在我的逼问下节节溃败，没有了冷静理智也就没有了还手之力。我说过，要打败一个男人的自尊心只需要用钱就可以了。对方没有想过我如此强势，从一开始他的节奏就被我打乱了。高伟明显偏向了我这边，他从心里会认为对方没有能力带领他轻松致富，他的态度开始犹豫了。

又闲聊了一阵之后，他叫我们一起吃个饭。我说我们公司还有事，合作的事大家都再考虑一下。结局已经显而易见了，对方显得有些沮丧,在我看来我们三个都挺可怜的。

回公司的路上我问高伟:"你还打算跟他们合作吗?他们看起来并不咋样啊。"高伟几乎没有考虑就说:"我们还是自己做吧。"我跟他谈了一些我在工作上的打算,顺便也画了一个饼,他没有觉察出来。他回去的时候比来的时候多了一点轻松,我估计他这几天一直在琢磨这个事,这个事黄了反而踏实了。

"很久没有看见你像今天这样了,我记得你当初来面试,王总跟我们说今天来了一个特别嚣张的人。"高伟说的是我们辞职前就职的那家公司,他跟我之前就是同事,我们到现在一起共事了五年。

"为什么觉得我嚣张呢?"我说。

那是我第一次自己找工作面试,我在公司楼下挣扎了很久才决定去看看。

"王总问你,以前没有做过这个行业,你觉得多久能上手?你说,一周就够了。他说他从来没有见过那么嚣张的人,所以把你叫来上班了。"他说。

高伟说起,我自己也想起来了,其实当时我想回答的是"三天就够了",我谦逊了一点,说了一周。

"那后来我没让你们失望吧?"我说。

"他们认可你其实只用了半天,第三天你在公司就备受瞩目,你用了这么短的时间熟悉了公司所有的项目和运营,并且你提供了新的运营思路,在很大程度上提高了我们的工作效率和效益。那时候你就成了我们部门的标杆,王总说以后招的员工都像你这样的水平就好了。你知道程总怎么说的吗?"高伟问我。

"他怎么说?"我很好奇他们当初怎么看待我。

"他说那也太难了，能招到一个已经很幸运了。"他停顿了几秒后说，"你的聪明让我们所有人都望尘莫及，你的想法跟我们都不同，你自己闯了一条路出来。"

对于这种夸赞，我第一反应是回避，我说："那时候上班很好玩啊，同事们都很好，环境也单纯。"

他说："是啊，这几个月你身体不好，公司业绩持续下滑，看到你今天这样就好像看到了那时候的你。"

"我会调整身体的，现在公司面临的困难比以前难多了，我也需要时间来解决公司目前面临的难题。"我说。

高伟只是一味看业绩，他不知道现在的市场有多难做，要在其他大公司的资本倾轧之下分一杯羹有多难。

"嗯，身体重要。你去看看中医吧，副作用小一些，你不要太焦虑了，我一直以来都是非常相信你的能力的。"他说。

他说这些让我想起了之前离职的事，那时候我是公司的经理了，拿着还算过得去的薪水。因为前公司发展太过迅速，勾心斗角来得比我想的要快。我和其中几个老同事之间却私交深厚，相比"同事"这个客套而生疏的词，我更愿意用"朋友"这个多了几分亲密的词来称呼他们，其中一个就是高伟。一开始我没有想过要从那家公司辞职，除了薪水可观之外，大部分同事相处也算愉快。

他们几个不满公司对总监职位的人事安排和内斗闹着要辞职，也算上了我一份。我们都认为总监这个职务应该从我们内部提拔，就算是空降那也不能是一个只知道背后打小报告拍老板马屁的傻瓜。

后来我们想了想，王总招他来的主要目的就不是业绩，而是公司觉得我们薪水太高，想压低公司人力资源成本。我们又是跟着公司一起从创业到成功融资的老员工，王总在情面上不好意思自己下手。所以他来的第一件事就是重新制定了严格的KPI考核，对我们来说就是另一种形式的降薪，所以我们中层管理人员对他非常不满。

公司的矛盾对我影响不大，那几年我为公司赚了不少钱。老板们对我非常纵容，就算我当着全公司的面指着总监鼻子骂，最后忍气吞声的那个人也不会是我。

王总听闻大家要辞职的风声后找我谈话，我坦言说我不想再跟总监一起工作，我不喜欢被没有能力只知道拍马屁的人管束。王总表情尴尬，他就是被拍马屁的那个人。

王总找我谈话之前，我才操起桌上的键盘砸过总监。因为其他地区分公司的客服部门在我这里有工作上的失误，我在部门会议上提了出来，希望客服部完善自己的工作职责。公司的几家分公司都在其他城市，所以在工作的沟通交接上没有办法直接进行，都是开完会之后由部门汇总，再找相应的地区和部门沟通。这个失误不算严重，只需要向对方提出让他们改善就可以了，但总监打电话给分公司部门负责人要求开除此次事件工作失误的客服人员，并对分公司负责人说这是我强烈坚持要求严处的。

对方部门的负责人打电话向我求情，总监把原本只是公司部门间简单沟通的事闹得人尽皆知，挑拨了我和分公司同事之间的关系，还把屎盆子扣在了我头上，我挂掉电话就找他算账去了。

我知道他这么做的目的是打压客服部的老总，以示他对王总像狗一样忠心，另外让我被迫向所有人宣示我的站队立场，这一点也可以让王总安心。

公司除了王总和程总还有一个老板,他们三个分管不同的部门。以前公司刚起步还没什么钱的时候他们三个还是一条心的,那时候公司好像是一块饼,你多一点我少一点都不介意。后来公司赚钱多了,这块饼变成了一块宝石,多一点和少一点的差别就是一笔很大的财富了。"自己人"越多,在公司就越有话语权。

我曾经想过我在工作上是不是太过强势,太过恃才傲物。但如果我不够强势,他们就会得寸进尺,会觉得我柔善可欺。不一定是得理不饶人,但得让他们知道我的原则和底线。

在职场斗争中死得最快的就是出头鸟和软柿子,出头鸟容易被人利用,软柿子则是背锅的。一个人利用你,那是因为他觉得你蠢,而经常冒犯你,那是因为他觉得冒犯你的成本很低。

所有人都知道我跟总监水火不容,他想把我当出头鸟来利用又想把我当软柿子捏。他们只觉得我脾气暴躁我行我素不受管束,因为我觉得这样可以给我避免很多麻烦,在很多职场的人际关系上我都可以装疯卖傻,以此避开他们之间的明枪暗箭。

王总的意思是让我自己成立一个部门独立运作,这样就避免了跟总监有太多工作上的接触,另外公司刚完成A轮融资,我们这批老员工会分期权,我当面拒绝了他的条件。几个关系好的同事都决意要走,如果我不走就显得不讲义气了,留下来升职加薪更像是卖友求荣的小人。我自己也不喜欢公司变得复杂的人际关系,他们一走我便势单力薄,公司已在分化阵营,站队也是一件让人头疼的事。

这些事都不是我擅长的,我不想把精力放在毫无意义的职场斗争中,我厌恶这些事。

辞职后休息了两个月,我就跟高伟一起创办了一家网站,也就是现在的公司。做出这个决定的时候，我想的是大不了就是一无所有，失败了我可以从头再来。一个悲观主义者做出某个决定的时候就已经想到了这件事最坏的结局，只是想得还是不够悲观，我没有想过最终我们会因为利益和猜忌分道扬镳。

任何关系在我这里一旦破裂就再无修复的可能，我像一个不容置疑的审判者一样，要求他们对我们友情的忠诚能与我一般，做一个虔诚的信徒。可是我不是神不是王，高伟、潇潇、李喻，以后还有更多的人，他们随时都可以轻易背弃我。

我想告诉我那颗高高在上的自尊心，除了我，任何人都有权利将你背弃。只有我，才将你当作生命的核心。

这件事我基本解决了，心里还是积压了一股沉郁的气，这股气积郁在我胸口，像一团没有形状的霾，又像一把尖锐的刀。

从公司回家之后，我把公司目前存在的问题一一罗列出来，给高伟发了一份过去，又给自己制定了一个工作计划表。

我不想公司垮掉，我严重的焦虑症承受不了生活有太大的变动，工作是生活里很重要的一部分，这种变动会再次触发我的焦虑。如果公司垮掉了，我又得另谋出路，我不想重新去适应一个新的环境，再重新被人评估我的工作能力。

一个未婚未育的三十岁女性重新找工作将毫无优势，公司会考虑女性生育成本。虽然我从来没有遇到过性别歧视，但我仍然会考虑在职场竞争中我需要付出的艰辛。这些都是很现实的问题。

在公司招人的问题上，我跟高伟沟通过，坚决杜绝性别歧视，女性该有的福利待遇都得有，身为一个女性，我深知在就业问题上女性比男性要艰难，我以身作则给她们平等的机会和待遇。只是短短两年，公司就有六名女员工怀孕，很多刚来公司不久就怀孕了，我投入了大量精力培训的结果就是她们经常请假，无心工作，休完产假之后就来公司辞职。

公司在她们身上的投入就像在做社会福利，制度把责任转嫁到了企业身上，我们这种小公司根本经不住这样大的成本压力，所以身为一个公司的运营者，我又可以理解企业在招人上面的差别待遇。

写完工作计划，我顺便给自己写了一个生活计划。我一直没有放弃让自己变成一个正常人，有热情有活力，可以感知到呼吸，感知到快乐，而不是每一次呼吸都像吸入了重度雾霾一样难受。

我试过很多对抗抑郁和焦虑的办法，大多数人最提倡的是运动和社交。运动可以分泌多巴胺，可以让大脑放空，改善睡眠。在尝试一段时间之后我就放弃了，在运动这个方法上我没有感到多巴胺和活力，也没有因为身体的疲累而更好入睡，只是身体疲累后，大脑始终处于一种活跃的状态，我睁着眼躺在床上，看着夜色渐浓，看着黎明破晓。

社交对于我这种性格内向者来说更是一场战役，我说我性格内向，身边几乎不会有人信，在他们看来我非常善谈，社交能力极强，甚至是一个很搞笑很有趣的人。他们喜欢找我一起玩，大多时候我都可以成为焦点并得到他们的喜爱。

很多人对性格内向和外向都有误会，觉得内向是不善言辞害羞腼腆的，其实内向的人不代表社交能力弱，只是社交对于我们来讲是一场巨大的能量消耗，需要通过独处来恢复能量。而性格外向的人则是在社交中获取能量，社交对于他们来说是一种很放松的状态，性格外向的人也不一定都擅长社交。

我看了看自己写的生活计划，每天早睡早起，坚持去公司上班，下班回家看书一个小时，练半个小时的钢笔字，再运动半个小时。

这样的计划我写过很多次，最后都以失败告终，当一个人身处黑暗中前行的时候，无论多微弱的光都可以成为他前进的指引，他何尝不明白这一点萤火之光根本照不亮自己的生活。但如果不走过去，他将永远身处黑暗的深渊，绝望会把他的生活啃噬得连骨头都不剩。

看了自己做的计划，我非常满意，仿佛明天就可以开始新生活了，那些过去的事都不重要了。我打开冰箱，冰箱里常年只有牛奶和啤酒，我犹豫了一下拿了一罐啤酒。

刚拉开啤酒，小野的电话就来了："你在干吗？"他问我。

"我在家喝酒。"说完我喝了一口喝酒，不自主地打了一个冷战。

"喝酒不叫我？"

"我也是突发奇想。"

"我跟你说个事，我最近想我们要不要一起写个公众号？"

"怎么突然想做这个了？"

"不想上班写方案了，现在是自媒体时代了，一个做得好的公众号一条广告都几十万了。"我从他的语气里听出了羡慕，我也有点羡慕。

"可是要做得好很难啊！"

"我们俩是'网红'，我们有粉丝基础，我们的文章随便哪篇都有几十万的阅读量啊。"他说。

写东西是我跟他的业余爱好，我们迅速上涨的关注人数让我们俩也跻身网红的行列。听起来是这么个道理，好像只要我们俩出手就可以成为自媒体的翘楚，就等着日进斗金了。

"我公司最近比较忙，等我忙完我们就开始做。"我想试试去做这个事。

"嗯，不急，哪天有空我们仔细商量一下，要做就做好。"

"好啊，我有时间跟你说。"

"好。"

挂掉电话，我觉得我的新生活好像真的要开始了。这几年偶尔会有人来找我合伙做生意，也有一些公司想挖我过去。前段时间有两家公司找过我，有一家公司的老总表示"我愿意亲自为你提鞋"，因为我跟他开玩笑说给我配两个长得帅的男助理我就过去。另一家公司的老总很直接地问："要多少钱才能把你挖过来？"

我拒绝了他们，一是不喜欢生活的变动，二是我始终怀疑自己的能力，我怕我做不到让他们满意。

他们对我工作能力的认可没有让我自满，我认为是我表现得过于强势而让他们高看了我，我没有那么有信心。我没有好的学历，更没有专业技术可言，我能做的事都是凭小聪明琢磨出来的。相对于同龄人，我的工作经验有了几年的缺失，认识叶穆的时候我的生活轨迹就跟大部分人不一样了。

我读大三那年不顾家人反对毅然退学跟叶穆走了，我无法接受大学里荒废的生活。我似乎看到了我跟他们相同的未来，等着实习，等着毕业，去公司拿着几千块的工资过着朝九晚五的生活，然后等着买房结婚生子，这样昏庸的人生让我感到无望和害怕。

退学之后我跟叶穆去了很多地方，我们去街头卖过唱，去话剧院排过话剧，陪他签约唱片公司。他拥有对表演和音乐极高的天赋，曾经一个美国音乐家对他的评价是：你的嗓音堪称完美，无论唱功还是表现力都毫无瑕疵。

叶穆并不是学音乐出身，他甚至没有受过专业的训练，但他拥有了很多人终其一生都达不到的高度。他二十多年的人生经历像一部传奇的电影，他如此与众不同。我仰望他的时候，是一个资质平庸之人仰望一个天才那般，他曾经是我世界里最璀璨的星。

那时候他差一点就成功了，叶穆是一个有天赋但缺少运气的人，这一点他跟我相反，我是一个没有太高天赋但运气不错的人。他喜欢表演和音乐，那是他的理想，差的那一点是我没有能对抗得了现实的压力。

那时候我们生活的钱基本来自叶穆演出和我找父母索要，饿肚子对我来说是家常便饭。

那时候我跟叶穆住在南京的郊区，地铁的最后一站下车后需要转乘公交车才能到。那一片有很多破房子和当地人修的小洋楼，我们租的房子是小洋楼旁边搭建的违规扩建房，四百块钱一个月，一间不到十平米的房间，水泥地板、一张掉漆的桌子、一张简陋的单人床、一盏白色的炽光灯就承担了我们所有的生活。一下雨屋顶的青瓦就发出噼里啪啦的声音，冬天刺骨的寒风从门缝里灌进来，我只能抱着叶穆取暖。

刚开始的时候我们去地铁通道卖唱，遇到过很多好人。一个白发苍苍的老奶奶给了我最慈祥的眼神，一个刚从超市出来两手提着东西的年轻人放下东西，把他身上所有的钱都掏出来放在我们的琴箱里。

我们被城管驱赶过几次，还被警察带到派出所盘问过。因为叶穆的家庭背景和我的学生证，警察没有为难我们，只是让我们不要再去卖唱了。

有点钱的时候我们就去吃顿好吃的，我习惯了对食物的忍耐和克制，我对叶穆说我不喜欢吃肉，让他多吃一些。

那时候不觉得苦，贫穷的苦、饥寒交迫的苦对于我来说都不算苦。我这个从小衣食无虞的人在这种不体面的生活面前，并没有觉得自尊心被伤害。

但这种贫穷动荡的生活把我的身体击垮了，我的身体坚持不了这样的生活了。

我跟叶穆说："我想回家了。"

他说："好。"

我们灰头土脸回了家，回去之后我去我哥的公司上了一年的班，做服装批发导购。那是高强度的体力工作，早上七点多去搬货，跟男同事做同样的体力活，然后在大厅一站就是八个小时。我得记住所有衣服的布料工艺和制作工艺，还有几百家专卖店老板的名字和模样，他们来进货的时候，我热情地招呼他们，给他们介绍我们部门的货品。不知道是因为我哥是股东的关系还是因为同事们看我太瘦弱，不忙的时候他们会叫我去库房坐十来分钟休息一下。

那时候叶穆的工作一直不顺利，我们的生活支出都是来自我微薄的薪水和我哥哥的补贴。

后来我得了一场重感冒，舍不得去医院看病，就去诊所开了一些药，但高烧却持续不退。最后没有办法，去医院验了血，其他人的报告半个小时就取了，我的等了两个小时还没出。我看见我的验血报告摆在化验室的桌子上，护士叫来了几个医生研究我的报告。当时我觉得我完了，得绝症了。幸运的是，我没有得绝症。医生说我因为服用抗生素过量，身体的免疫力已被破坏。

那一场感冒几乎要了我半条命，我不能再服用任何抗生素，但不用抗生素我的高烧又不能退。我瘦得皮包骨头，仿佛一阵大风就可以把我刮走。

那时候我饱尝了病痛的苦，但我也不觉得这种苦有多难以忍受。好像有叶穆，我就可以不在乎任何苦痛。

那次感冒我花了两个月时间才治好，我的身体已经不能再支撑我做高强度的工作。我找父母拿了一笔钱开了一家酒吧，一年之后酒吧入不敷出关门了，我的身体也因为昼夜颠倒而变得更差。

之后的两年我基本是闭门不出的，我不想去面对外面的世界，不想听见任何来自外界的声音，我只想蜷缩起来当条寄生虫，失败让我失去了对外面世界的浪漫幻想和勇气。

在这个时候我才觉得我在生活面前丧失了自尊心，我耗尽了我所有的力气都证明不了自己。

那种对自己无能的耻辱感一直延续到现在，我一直在用工作来证明自己的能力，想用这些成就去掩盖我曾经失败的几年人生。

这几年我让很多人相信了我是有能力的，大部分时候我更倾向于把这些认可当成是我的运气，我像一个冒充者一样得到了过高的赞誉。

记忆力衰退也没能让我忘记这些事，那时候的记忆依然清晰，模糊的只是近期发生的事。比如我完全忘记了医院男，直到他再次添加我微信好友。

这一次我没有点拒绝，因为他的添加方式是通过赵心怡的好友名片推送的，我通过了他的好友请求。

"你这么执着地加我微信不怕你女朋友知道吗？"我给他发了一条信息过去。

"你从哪里看出来我有女朋友了？"他问我。

"给你送饭的那个女孩子，你敢说不是你女朋友？"我讥讽着反问他。

"我敢说她不是我女朋友呀，我只是吃了她做的饭中毒了，她内疚照顾我而已。"他解释道。

"我看着像弱智吗？"我对他抱有强烈的敌意。

"好吧，我招了。她对我有点意思，但我没有接受她。"

"你们男人不拿这些事来吹嘘活不下去？"我几乎是带着嘲笑把这句话发过去的。

"如果你这样对我，我拿出去跟别人说才叫吹嘘，这个不算。"

"可是你这样说也没能让我高兴啊。"

"那我再努努力？"

"不用了，我不喜欢你，我要睡了。"

"我没说要你喜欢我啊，我喜欢你就够了。"他说。

我没打算回他信息，这两年我见过太多这样的男人。从开始他们就表现出对我有极大的兴趣，他们无一例外觉得我特别，有人觉得我特别聪明，有人觉得我特别有趣，他们说我拥有了比美貌更致命的诱惑力。

他们都不够诚实，如果我换了一副丑陋的面容，他们都不会觉得我的特别能有任何诱惑力。他们只是换了一些同样肤浅的词汇来证明自己不肤浅，说"好看的皮囊千篇一律，有趣的灵魂万里挑一"的人往往是既想要好看的皮囊又想要有趣的灵魂，通常这种人长得不好看，灵魂也不够有趣。

他们最后不喜欢我的理由也会是"你太特别了，我还是喜欢过平淡普通的生活"。

太多的人在附庸着风雅，用形式来证明自己的不俗。他们对一切特立独行的，一切特别的都表现出欣赏。他们自己又太过胆小，太过爱惜自己的生命，当我以龙的形象出现在他们面前，露出利爪尖牙的时候，他们都是落荒而逃的叶公。

这种事已经很久没有伤害到我的自尊心了，在我看来只是觉得好笑。

我不知道从何时开始变得冷漠，变得坚硬，变得对男人充满敌意。或许这种改变源于我所认识的他们一点一点在我心里累积起来的失望。

这个世界的孤独不外如是，没有人真的理解你。

每个人都在人生的泥潭里挣扎，没有更多的余力去看别人身上都背负着什么样的伤痛或遗憾，生命的本质就是悲观和孤独，我从来都不质疑这一点。我们做的很多事也无非是想抵消一些孤独和空虚，我们恋爱、交朋友，在书本、影视、流行音乐里寻求某一时刻自己知觉的感同身受。人都害怕或害怕过孤独终老，所以大多数人选择结婚和生孩子，这何其愚蠢？忙于做这些无用功，又不得不这样自欺欺人，婚姻和繁殖不过是把人类数千年的孤独继续延续了下去。

到了三十岁的时候，我理解了他们的不理解。

早上我起床、洗漱、化妆、换衣服出门，好几天没去公司，我想以一个看上去还不错的状态重新开始我的计划。出门发现空气难得的干净，成都的空气污染指数在最近几年轻松地排到了全国前三，几乎整个冬季都笼罩在雾霾之中。在二环高架入口堵了半个多小时后，道路开始变得通畅，太阳冲破了云层，苍白刺眼的阳光铺满了我前面的路，我打开车窗伸出手去感受太阳照射在手上时细微的温暖。

这是我劫后的一次重生，我从不畏惧死亡，但这一刻我想要好好活着。

到公司的时候同事们在吃早饭，公司的制度松散，早上九点上班，几乎没有人能准时到，迟到之后慢悠悠把早餐吃完再处理工作。我也由着他们，我自己就是一个很散漫的人，而且我觉得他们已经做得足够优秀了。

一个女同事问我，有没有吃早饭？我说，我没胃口。她分了半盒蛋糕递给我，我看了一眼蛋糕，捂住嘴冲进卫生间开始呕吐。

我感到沮丧，我好不容易做好的心理建设在我呕吐的时候已经垮掉了一半。

我从卫生间出来勉强笑着对她说:"不好意思,我胃不好,最近厌食。"

她安慰我说:"我要是也厌食就好了,就可以像你这么瘦了。"

我呕吐是经常发生的事,他们都知道我身体不太好,不会追根究底问,也不会责怪我的失态。我想他们可能都一度猜测过我是不是怀孕了,后来都相信了我是胃不好。

我坐在办公桌前,整理我需要处理的工作。我有大半年没有怎么好好工作了,我的身体和精神状态其实已经很长时间不适合工作了。加上药物的副作用,大脑变得迟钝浑浊,让我无法思考问题。从机能上说,我已经废掉了,我变得不聪明,也失去了灵性。

但我必须重新投入工作,这是重新构建我生活的第一步。我强迫自己集中精神,把手头上的工作理顺,把存在的问题一个个解决掉。我相信就算以自己现在的状态也比普通人聪明,只是很快这种自信就没了,我从来没有觉得在工作上有这种束手无策的感觉。

我早上构建的关于重新生活的信心还没撑到下班就消磨殆尽,我大腿的神经出现了刺麻感,我烦躁不安地抓挠着大腿。为了不让同事看出我情绪上的异常,我吃了两颗劳拉西泮片。

劳拉西泮片,短效抗焦虑药物,其实就是安眠药。

除了高伟,他们都不知道我有抑郁症和焦虑症。有时候他们看社会新闻的时候会讨论关于抑郁症的问题,社会新闻上出现这些通常都是杀人案什么的。他们有的人甚至说过"抑郁症太恐怖了,跟抑郁症患者待在一起好吓人"。他们说这个话的时候,我这个抑郁症患者就坐在他们旁边。

我想解释,我想告诉他们:我从来没有伤害过任何人,除了我自己。我把所有的刀口都指向了自己。

几乎所有的朋友都知道我有抑郁症,他们从来没有害怕过我,最多是不理解。他们不理解一个看上去很乐观搞笑的人怎么可能有抑郁症?也不理解我看上去生活还不错,为什么会不开心?

也有人觉得我很矫情,那么多吃不饱饭、辛苦工作的底层劳动人员都没有抑郁,你一个有房有车有公司长得也不算丑的女人却说自己不快乐?他们认为我不过是无病呻吟哗众取宠罢了。

所以有人对我说:"你开心一点,你乐观一点,那么多生活困苦的人都很积极啊。"

也有人对我说:"现在得抑郁症的人多了去了,现在压力这么大,得抑郁症就像得了一场重感冒,吃药就好了啊。"

而还有一部分朋友会说:"我看你就是太闲了,把你扔农村去干几个月农活,保证你每顿白米饭都能吃两碗,晚上也不会失眠了。"

其实这种说法我觉得有道理,跟李喻说到这个问题的时候,他谈起了他接的一桩案子。

一个女孩子因为感情被骗把渣男杀了,她家人找到李喻没有其他要求,只求她可以活命。这个女孩子有抑郁症,希望在量刑上可以减刑。后来那案子迟迟未判,拖了一年多,而女孩子的抑郁症在看守所里已经好了。

我很奇怪,在一个没有自由如此压抑的地方,抑郁症不应该更严重吗?李喻说:"那是你太不了解监狱这种神奇的地方了,他们早上准时起床、洗漱、吃早饭、运动，午饭之后玩玩桌游或其他活动，也没有手机可以玩，晚饭之后准时上床睡觉。这样的规律生活很多病都可以治好，不过你还是不要试了，你不要犯罪，进去要挨打的。"

我醒来的时候办公室还开着灯，只是空空荡荡，只剩下我一个人，我看了看时间，已经晚上八点多了。

手机上有一条医院男发的信息："有没有时间一起吃个饭？"

一天没有吃饭有些虚弱无力，我发了一会儿呆，收拾好东西锁了门，坐电梯下了停车场。坐上车系好安全带，脚踩在刹车上的时候因虚软无力而颤抖不止，这让我看起来像个笑话。我趴在方向盘上哭了起来，我不知道为什么这些原本很简单的事对于现在的我来说都这么难，为什么别人可以做到的事我都做不到？为什么我不能像他们一样正常生活？

早上构建的生活和我的自尊心在这一刻轰然倒塌。

我可能得抑郁症了!

第五章

童年

我发微信问赵心怡在干吗,她说她不在成都,陪薇薇去外地要债去了。我犹豫了一下给医院男发了微信问他:"有没有时间陪我吃顿饭?"

他秒回了一句:"有啊,正好我也没吃饭,你想吃什么?"

我给他发了公司旁边商业街的定位,那边餐馆很多,我也懒得去其他地方。

他说:"等我半小时,我马上过来。"

我步行走出了停车场,街上还有不少人,四处明亮的灯光彰显着这座城市的繁华。因为白天出了太阳晚上就显得更冷了,我找了一家奶茶店坐下等他。

没一会儿他给我发信息说他到了,我问他在哪儿,他给我说了位置,我从奶茶店出去,看见他穿着黑色的大衣站在街口。

这是我第一次好好看他,他看起来跟在医院的时候有些不同了。高高瘦瘦的,收拾得清爽干净,比在医院的时候顺眼多了,严格来说他长得还不错。脸上没有二十出头的稚气,也没有年过三十的疲倦感,我猜他的年龄应该在二十七岁左右。

我走过去,他认出了我。他上下打量了我一番说:"咦,打扮一下漂亮了很多呀,要不是你病恹恹的样子我都快认不出你了。"

"你这算是夸我吗?"

"你刚哭完啊?来,擦一下,挺漂亮的姑娘,妆都哭花了。"他从口袋里摸出纸巾,抽了一张递给我。

我才想起我刚哭完忘记擦脸了,我接过纸巾的时候闻到了他手腕上散发的香水味,一股肥皂的冷感香,大卫杜夫的男冷水。

我用纸巾把眼睛下面脱落的睫毛膏擦了擦,他指着他右眼下面，我按照他指的位置仔细擦了擦。

"没有了吧？"我问他。

"嗯，现在整条街上最漂亮的就是你了。"他很认真地看着我的脸，说得一本正经。

我觉得脸有些发烫，躲开了他的眼睛说："我们去吃饭吧。"

"好啊，吃什么？我好饿啊，你想吃什么呀？"他歪着头看着我说。

"别撒娇，好好说话。"

"那您想吃什么呢？"他换了一副低沉的嗓音说。

"不知道，其实我没什么胃口，只是想找个人陪我吃点东西。"

"没什么胃口呀，那我带你去个地方。"他说。

"远不远？"我问他。

"有点远。"

"你会开车吗？"

"会呀。"

"那你帮我开下车，我今天不太舒服，开不了车。"

"好呀。"他愣了一下，又恢复了浅浅的笑意。

我跟他并排走回公司，他问我："你在这边上班啊？"

"嗯，怎么？打算以后在这里堵我？"我开玩笑地说。

"这个剧情好变态，我喜欢。"

"就知道你这种变态喜欢。"

"哪有我这么单纯可爱的变态呀？"

"你说你看起来也快三十岁了，还装天真扮可爱，你恶不恶心？"

他有一种自来熟的特质，一点都没有陌生人的拘束。

"什么快三十了，我才二十七。再说了你们这种三十岁的女性不都喜欢这样的吗？"

"你怎么知道我三十岁？别人都说我看起来也就二十五六。"我狡辩着说。

"姓名：张衍雅。年龄：三十。你病床卡上写着呢。"

我傲慢地看了他一眼没有说话。

"她是个三十岁，至今还没有结婚的女人，她笑脸中眼旁已有几道波纹……"

他嬉皮笑脸地哼着赵雷的《三十岁的女人》。

"闭嘴，我可没有皱纹。"

我在二十八九岁的时候对年龄是有焦虑感的，觉得三十岁会是一个分水岭，那时最好的时光已不在，之后的人生只是在走向腐朽。我们太过于恐惧衰老，这些想法在三十岁之后看来不过都是庸人自扰，事实上你都不会觉察到自己与三十岁之前有什么不同。

"川渝这边的女孩子很难看出真实年龄，从外貌上你看起来也就二十五六的样子，但是啊，你眼睛里都是岁月的沧桑，这是护肤品改变不了的，多贵的都不行。"

有时候觉得人说真话还真是有点让人讨厌，我自己怎么会不知道呢？有时候自己都不愿意照镜子，不是因为自己面容衰老，也不是因为身材走样，而是怕看见镜子中的自己眼神黯淡，满脸都是疲惫。

我们一路瞎聊着去了停车场，我把钥匙给了他，坐在副驾上问："我们去哪儿啊？"

"放心，不会把你卖了。带你去一个保证你没有吃过的地方。"他说。

"不好吃我可是要骂人的。"

我们一路瞎聊着，他把车开到了北一环，然后拐进了一条很破旧狭窄的老巷子，路面坑坑洼洼的，周围还是低矮的红砖青瓦的老房子，昏黄的路灯下很多卖小物件和小吃的小摊贩，显得这条路更加狭窄。

"你不会真要把我卖了吧？"我说。

"你这么病恹恹的谁买啊？一看就不好生养，说不定还要经常花钱看病，谁买谁傻。"他说完把车停进了一个院子里，然后领着我去了一家火锅兔。

这家店就是居民楼的一楼改建的，门上的招牌被油烟熏得黢黑，勉强能看出"火锅兔"几个字。除了里屋，还在人行道上撑了一个棚子，摆了十多张小桌子，都九点多了依然还有很多人。老板过来招呼我们，说里面没有位置了，只能坐外面。

"坐外面你怕不怕冷？"他问我。

"没关系的，外面空气好一点。"

老板在外面给我们安排了位置，我坐在小板凳上看着周围的破旧和热闹，跟巷子外面的高楼宽路相比，像是两个世界。这个地方离我住的地方不算远，我不知道在这种偏僻陋巷里还有这么一个市井气息如此浓厚的地方。

"这个地方我很久没有来过了，我小时候经常在这边玩，这家店我小时候就有了。"

"你是成都人？"我有点疑惑。

"嗯，我小时候在成都，后来跟我爸去了北京，前两年才回来。"

"怪不得，听你说话不像成都人。"

"因为我普通话说得标准吗？"

"还行吧，对了，我还不知道你叫什么名字。"

"骆无穷。骆驼的骆，与天斗其乐无穷的无穷。"

"这名字有点意思。"

"在四川话里就是乐无穷。"他用四川话把他的名字说了一遍，四川话里"乐"的发音跟"骆"是一样的。

"还真是成都人。"

老板把煮好的火锅端了上来，可爱的兔兔在成都这个地方有很多名字，比如：冷吃兔、火锅兔、鲜椒兔、烤兔……火锅兔是用火锅锅底在厨房先煮好，等把兔肉吃完了再开火煮其他菜进去。

"我想喝点酒。"我说。

"我陪你喝一点，不过一会儿就要叫代驾了。"

"嗯。"我叫服务员给我们拿了两瓶啤酒。

啤酒拿上来，我们各自倒了一杯，他举杯和我碰了一下，一口干了，我也仰头一口喝了。

"你少喝一点。"他说。

"我又不是娘炮。"

"说得好像我是娘炮一样，你是哪儿的人啊？"

"重庆，外来务工人员。"

"原来是重庆姑娘，怪不得脾气这么火爆。"

"不瞒你说，我在重庆已经算是很温柔的了。"

"我觉得吧，有时候你说话比我还不要脸。"他一边说又一边往我碗里夹菜。

我看着他吃得很香的样子，加上味道也确实不错，我也多吃了几口。我们一人喝了一瓶啤酒，喝了酒好像放松了很多，身上也暖和了起来，有种起死回生的感觉。

吃完饭他抢着把单买了，让我觉得有点不好意思，毕竟是我叫他出来陪我吃饭的。

"如果你买了单，我以后不就没机会见你了？我买单，你总得回请我吧。"他看出我的不好意思，他嬉皮笑脸的样子让我也客气不起来了。

"回请你？吃完这顿就拉黑，又省下了一笔。"我说。

"啧啧，真是绝情。"他起身说，"走吧，再带你去个地方。"

"去哪儿啊？"我问他。

"跟我走就对了。"

我起身跟他转进了停车的那个院子里，我以为他要去其他地方，先进来开车。他带我从院子走到了一个老小区的门口，跟门卫说了一个名字，门卫就让我们进去了。

"不要怕，这里是军区干休所，很安全的。我小时候就在这里长大的，我奶奶现在还住这里。"他在我问他之前，先给我解释了。

"你现在还住这里吗？"

"去年回来看过一次我奶奶，很少过来。"

这种老小区里的灯光很暗，加上林木高深，四处幽静冷清。他把我带到一排三层楼高的房子前面，压低了声音跟我说："说话小声一点，万一我奶奶听见就不好了。"

他站在楼下看了一眼楼上，指着二楼说："我小时候就住那间房，现在是我读大学的表弟在那里住了。"说完，他带我走到栅栏那里，指着小院里面的一棵树对我说："这棵是我的落根树，我出生的时候我爷爷给我种的，是一棵樱桃树，现在每年都会结很多樱桃。"

"我也有落根树。"我看他一个人说得津津有味的，我不说点什么会觉得气氛有点尴尬。

"是什么树？"他问我。

"柏树,我爸妈希望我可以像柏树那样正直又好养活。我小时候是在农村长大的,前年还回去看了,长得很高很大了。"

"柏树没意思,都不结果子。"

"你懂个毛,以后等我死了的时候,它就可以做一副棺材了,跟我一起生一起死,你那棵樱桃树根本活不到你死。"我说。

我对于那棵柏树有过浪漫的幻想,我想把我爱人的名字刻在上面,就好像刻在我的生命里一样,这样想,让我很像一个爱情主义者。

"走吧,我带你去外面逛逛。"他带我离开了他奶奶家,穿过了一片树林,来到小区里的一条小河边。我不知道用河来形容对不对,其实是一条河道,约有五六米宽,两边用石头砌上了栏杆,两岸是一排垂柳。

"小时候这些柳树都还很小,现在都长这么大了。"他感慨地说道。

"你带我来是来回忆你的童年的吗?"

"对呀,我想让你了解我,那就从我小时候开始,你是我唯一带到这里来的女孩子。"

"是不是对每一个带来过的女孩子都这么说?"我笑着说。

"聪明,这种套路都骗不到你。不过我没想骗你。"

他走到里面草坪边的木椅上坐下,叫我也坐一会儿。起风了,树叶在黑暗里发出窸窸窣窣的声响。

"如果我们是春天来就好了,这一片全是樱花,春天的时候花瓣铺满地,樱花顺着河流漂走非常漂亮。这应该是成都看樱花最好的地方,只是很少有人知道。"

他跟我说起他的童年趣事,我看着他,好像看见了一个小男孩坐在那里,脸上天真烂漫。

"你小时候都玩些什么？"他问我。

"喂猪啊。"我看他愣了一下，这个答案可能他没有听过，我接着说，"我四五岁就开始喂猪，我要搭着板凳才有猪圈高。我们家从年初就养两头猪，养到年底杀过年猪，这是我每年的任务。别人家杀猪都是五花八绑地抬去屠宰场，只有我们家不用，我轻轻一唤，它们就跟在我身后走了。是我亲自把它们带去屠宰场，因为每天都是我喂养它们，它们很信任我，我妈因为这个事还夸我，直到上了中学我才从这件事里解脱出来。"说到童年我有些消沉，我的童年一点都不浪漫，我在一个闭塞的环境里野蛮生长。

"猪有猪命嘛。"他想安慰我。

"只是觉得小时候特别残忍，长大后又好像很伪善，如果让我亲自杀一只兔子来吃我下不了手，但我依然可以很开心地吃着火锅兔。事实上是我们间接杀了它，我们吃兔肉的时候却很心安理得，这种矛盾是不是很伪善？"

"小时候没有那么明确的善与恶，这些概念是后来塑造的。伪善说不上，人类再怎么进化始终是自然界的一部分，食物链里的一环，人类也好，兔子也好，在生或死上都是平等的，都没得选。我们吃得开心就是对兔兔最大的尊重了。"他看着我说道。

"嗯，这样想就通顺多了。"

"是嘛，多想想开心的事。"

"其实我觉得最开心的一次记忆是我读初一的时候，学校每年夏季有体操比赛，快要比赛的时候就会把早读课也拿去排练。有一天我偷懒没去，一个人躲在教室外面。我们学校的教学楼在山上，操场在山脚，而我的教室在顶楼。

"那天我看见远处翠绿的山尖慢慢从白色的云层里露出来，

厚厚的白色云层围绕着山顶流动，那时候我不知道这种景观叫云海。伴随着朝霞，云层慢慢从牛奶白变成了粉红色，太阳从云层里磅礴而出，云层又从粉红色变成了金色，直到云层完全散去。

"我一个人站在那里都看呆了，这可能是我小时候最深刻的记忆了，可是没有一个人跟我一起见证。我后来说给同学听，他们都不信。"

"为什么不信？我相信啊。"他歪着头看着我说。

"因为我跟他们说我看见了神仙。"

"哈哈哈……"他笑了起来。

"那时候我真的体会到了：不敢高声语，恐惊天上人。我总觉得远处的山上是住着神仙的，所以才会有这么美的日出。"

"下次陪你看神仙。"他抬手看了一下时间说，"有点晚了，送你回去吧。"他带我走出小区，去了停车的院子。

"你也喝酒了，不能开车，我自己找个代驾吧。"我突然想到他也喝酒了。

"找代驾我也得把你送回家才放心，你一个女孩子晚上多危险。"骆无穷说道。

"你不会是想去我家睡觉吧？"我说。

"你倒是想得美，吃顿火锅就想得到我的肉体，我可不是那种随便的男孩子。"

"看不出来你还挺聪明啊，唉，现在骗男孩子真是越来越难了。"我配合着他说。

"呵呵，要不是我聪明我早就成了残草败柳了。"他扮成一副傲娇的样子说道。

这边离我家也就十分钟的路程，他把我送回家，把车帮我停好，道了个别就走了。

我洗完澡出来看见他给我发了微信，他说："雅雅，我相信你看见神仙了。"

"别用那么恶心的名字叫我。"我给他回了一条。

跟他有一句没一句地聊了一会儿，好像也没有那么讨厌他了。

之后的几天我终于在工作毫无突破之下又开始颓废起来，我跟高伟提议招聘两个有工作经验的人，我的思维已经被过去的经验限制了，公司需要新的血液和新的思路。

高伟说："太难招到合适的了。"

"高薪聘请，只要价格开得高就可以招到。"我说。

"公司流动资金已经不多了。"

"公司还有多少钱？"我问他。

高伟给我发了这个月的财务报表，我看了一下，公司的流动资金已不足十万。这个数字让我不敢相信，我一直以为公司至少还有五十万的流动资金。我天生对数字不敏感，所以财务的事我从来不沾手，都是高伟在处理。

按照目前的财务状况如果业绩在两个月内没有提升，公司将无力支撑。

这让我更加焦虑，半梦半醒的时候因为焦虑我出现了严重的濒死感，我的心脏无力负担。我不得不增加了一倍的药量，副作用也更加明显，每天清醒的时间只有几个小时，这几个小时除了进食就是呕吐。我彻底丧失了工作能力，这让我垂头丧气，我想我以后的一生都将这样度过了。

骆无穷再次出现在我面前的时候，我蓬头垢面，已经虚弱得连说话的力气都没有了。因为我几天没有回复他的微信，他在我家楼下给我打电话，我裹着厚重的家居服穿着拖鞋下了楼。

"几天不见，你受了什么打击？"他一脸震惊地看着我说。

"你找我什么事？"我有气无力地说道。

"没什么事。"他眉头皱了起来。

"没什么事那我回家睡觉了。"我说完准备转身回家，我没有力气应付他。

他一把拉住我的手腕说："你回去洗漱，我在这里等你，你换了衣服跟我去吃饭。"

"我不想吃饭，我只想睡觉。"

"一会儿吃完饭，你想睡多久睡多久，但这顿饭是你欠我的。"

"好，你放手。"我说。

他松开手，我转身准备上楼。

"不行，我还是得跟着你。"他说。

"随便你吧。"我没有力气跟他争辩，他跟着我上了楼。

"你随便坐，要喝水自己去厨房烧。"我说完就转身进了卧室，把他留在了客厅。

胃一阵挛缩，我冲进卫生间关上门就趴在马桶上开始呕吐。

"你没事吧？"等我呕吐完了，骆无穷在门外问我。

"没事。"我说。我按了马桶的冲水键把呕吐物冲干净。

吐完之后有点虚脱的感觉，我蹲了一会儿才站起来打开淋浴，热气氤氲开来。

我洗完澡裹着浴巾从浴室出来，他坐在沙发上看着我墙上挂的照片。他看见我出来转头刚想开口说什么，看见我只裹了浴巾又把脸转了过去。

我没搭理他径直回了卧室，关上了门，在衣柜找了干净的衣服穿上。我走出卧室的时候，他听见我打开门又赶紧把头转过去。

"我穿好衣服了。"我说。

"哦。"他转过头，我发现他脸红了。

"放心吧，我没有力气非礼你。"

"你以后还是不要随便让男人来你家了，可不是每个人都像我这么正直。"

"是你非要跟我上来的。"

"我说要来你就真让我进屋啊，万一我是坏人呢？"

"没有人比我更坏。"

"还嘴硬，走吧，出去吃饭。"

他带我去了他朋友开的私房菜馆，这里人很少，环境也清幽。他朋友热情地过来跟我们打招呼，给我们安排好位置坐下。骆无穷给我们简单介绍了一下，跟他朋友说上一些清淡开胃的菜。他朋友表示一定会让我吃得满意，让我们稍微等一下，他马上去准备。

"说吧，遇上什么事了，看我能不能帮你解决！"骆无穷在他朋友离开之后对我说。

"没什么事，工作上的问题。"提到工作我的丧气又挂满了脸。

"别皱眉，就当是闲聊，说不定我可以给你一点意见呢。"

"我自己的事不喜欢麻烦别人。"

"我们接受的教育里都是不要麻烦别人，我跟你之间不用这么生疏。如果都不想麻烦别人，那朋友就没有意义了。而且我不一定能帮上忙，但你可以试着跟我说一下。"

一个人独立生活了几年，我不再依赖任何人，我小心谨慎地不给任何人添麻烦。像一座孤岛兀自矗立在那里，有自己的四季和心事。

骆无穷的话是有道理的，我想我可以适当地麻烦和信任别人，就像赵心怡对我的依赖，我从来没有觉得麻烦，而是觉得被需要被信任。我在学习着怎么做一个合格的朋友，尝试与他们建立联系，这些是朋友们慢慢教会我的。

我把公司的事大概给他说了一下。

"哟，原来是张总，失敬失敬。"他戏谑道。

"别嘲笑我，我哪里算是什么张总，混口饭吃都混不到了。"

"那张总有什么打算吗？"他问我。

"我想放弃了，我太累了。你可能也知道我之前为什么住院的，我的脑子坏掉了，已经没有办法工作了。"我没有打算瞒他。

"这对你来说很简单的事，你为什么这么纠结？"

"你这个话简直是何不食肉糜，我不工作我吃什么？我拿什么来还房贷？"

"你现在的状态也没有办法工作啊，而且坦白说你根本不适合做这份工作。"

"哦？"我感觉自己被挑衅了。

"身为一个老板，你对公司的财务状况毫不知情，那就是你们公司的计划都是在想当然地做。我已经很久没有见过你这种老板了，不贷款、不拉投资，做事全凭一股蛮力。"

老板给我们上了菜，四菜一汤，菜做得清淡精致，不过我没什么心思听他介绍他的作品。骆无穷给我盛了一碗汤，叫我先喝点汤。

其实这些问题我都知道，我不擅长做这些事。我沉默不语，小口喝着汤，有一点清甜的味道，也不知道用的什么食材。

"不过我还挺佩服你，居然能撑这么久。你在你不擅长的事情上耗费了太多精力。你的个人能力很强，这是你的优势，但你真的不是一个好的管理者，你一直像头耕田的牛拖着他们在走。"他说。

"其实我也知道自己在管理方面没有经验也没有兴趣，我是骑虎难下。我做事没有规划，什么都是想当然的，以前有什么问题我觉得都可以靠我的智商解决，现在我已经不聪明了。"我说。

我没有提到我对高伟已经有了嫌隙，但我看见他还是得装着若无其事，这让我很难受。

"不想做可以把股份转让出去，加上你的存款，应该够你在重新投入工作之前把身体养好了。"

"我……我基本是月光族。"我有点羞于提起自己的存款。

"按照你之前说的，我估算你一年收入至少有五十万吧，你的钱都花哪儿了？"他不解地问我。

"买房买车，还有吃喝嫖赌抽，哪样不要钱？"我给自己想了合理的说辞，其实我自己也很疑惑这个问题：我的钱都花哪儿了？我一直不擅长理财，生活也过得稀里糊涂的。

"吃喝嫖赌抽还能说得理直气壮的？"骆无穷笑着说。

"要不然我也想不出我的钱都花哪儿了。"

"先不说这个了，你多吃一点。"他一边说一边往我碗里夹菜。

"其实我有一个疑惑。"我放下刚端起来的碗。

"嗯，你说。"他也放下筷子看着我说。

"我一直觉得我公司的账户不应该只有这点钱，虽然我不看账目，但运营是我在做，就算我脑子不行了没有找到新的出路，但就算墨守成规也不至于这么惨淡，这点信心我还是有的。"我说出了最近几天一直以来的疑惑，对高伟信任的破裂让我不得不怀疑这个问题。

"这个简单，你把你们公司的出纳账目和银行流水打印出来给我，我帮你审核一遍。"

"你还懂这个？"

"这些对我来说比吃饭还容易。"

"那会不会太麻烦你了？"

"当然会啊，不过这样你又欠我一顿饭了。"

"那还是不要了。"

"雅雅，现在人心险恶，你不要因为怕撕破脸就回避，这是你作为合伙人的权利。"他好像看出我在犹豫跟高伟的关系。

"别叫那么亲热，恶心！"

"你吃点东西，菜都快凉了。"他说。

我拨弄着碗里的菜，没什么胃口。他看见我这样又帮我盛了一碗汤说："吃不下饭就多喝一点汤吧。"

"跟我这种人吃饭是不是很败胃口？"

"不会呀，你看我像是没胃口的样子吗？我跟你说一段我的往事。"他放下筷子，看着我说，"高中的时候，有一段时间我沉迷游戏，我爸拿我没办法，暑假就把我送到了大凉山的一个远房亲戚家里。你知道大凉山那里是什么条件吗？我当时带了一个手机，别说网络，亲戚家里连电都没有，所以别说电视、收音机，连电灯都没有。手机只能看看时间，后来没电了，我连时间都懒得看了，每天看着太阳升起就起床，太阳下山我就躺在床上等着入睡。

"每天都是土豆和玉米，因为那边产不出其他东西。去了两个月我只吃过一顿肉，还是因为亲戚看见我来了。他们家到集市来回是一天的路程，肉也不能买多了，因为没有冰箱会坏掉，另外他们确实没有钱买肉。那边的人每天就蹲在门口看着日出日落，喝几口白酒，这样一天就过去了，我去了之后也每天蹲在门口跟他们一起看日出日落，随便聊聊天。"

"你没想过自己跑路吗？"

"我爸收光了我身上所有的钱，我连往哪个方向跑都不知道，能从大山里跑出来完全就是野外求生了，我那时候可只是一个单纯的高中生啊。"

"后来呢？"

"过完暑假我爸就来接我回去了，给了远房亲戚一笔钱。从那时候起，只要东西没有毒我都吃得下。你能遇见我呢，是我马失前蹄，她做的菜不好吃我不嫌弃，但我还是第一次食物中毒。"

他给我夹了两只虾，然后一边吃一边跟我讲他在大凉山里是怎么熬过那两个月的，他显得很健谈。

吃完饭骆无穷又抢着买了单，他说他不能让一个即将失业的人买单，但我可以请他看一场电影。

那天热映的电影是《寻梦环游记》，骆无穷哭得稀里哗啦的，我在旁边给他递纸巾。我对于这种亲人间的羁绊很冷漠，我家庭幸福和睦，但我跟他们之间的感情却很疏离。

父母从小没有给我指引过方向，没有认同过我，也没有给过我包容和鼓励。小时候他们只关心我是否能考第一名，经历了我的叛逆和退学之后他们觉得我能够养活自己，不犯罪就很好了。他们从来没有关注过我生性敏感的内心，任由我自己稀里糊涂地成长。

我父母可能至今都不明白我为什么会退学跟叶穆走，也不明白我为什么那么爱他。除了爱慕他的才华，是他给了我认同和鼓励，包容了我性格里的敏感和自卑，也是他指引着我要走的路。他是真正让我成长起来的那个人，这些是我父母从来没有给过我的。

可能我经历的生离死别不多，对于我而言，他们就像《永生》里写的那样，就是水消失在了水里。

我羡慕他可以这样旁若无人地哭，一个人的眼泪多少会带有一点天真，带着水生植物身上特有的淤泥味道，又像一片游弋的白云，轻飘飘的，随着风自由自在。

走出电影院，他脸上还浸润着潮湿的悲伤。我只是在想为什么他们那么恐惧灵魂的消失，如果是我，我愿意就这样干干净净地消失掉，对人世间的一切都再无挂碍。

我陪着他瞎逛，等他从电影悲伤的情绪里走出来。突然他停下来拉着我的手腕说："我好像看见她了。"

"谁？"

"就是在医院照顾我的那个女的。"

"你怕什么？怕她看见我们在一起误会吗？"我问他。这句话里是有怀疑和敌意的，我讨厌复杂的关系。

"我根本不喜欢她，本来她今天约我看电影的，我说我要工作，在电影院门口碰见我难以解释。"他说道。

"你们这种渣男啊，她真不是你女朋友吗？"我不确定地问。

"我发誓我跟她没有关系，她是家里长辈介绍的相亲对象。之前见过一次，后来她要到我家的地址，一定要来给我做饭，之后的事情你都知道了。"他举起手发誓。

"既然不喜欢就说清楚，干吗要遮遮掩掩的，还不是想把人家姑娘当备胎？"我语气缓和了很多。

"我跟她说清楚了，但她好像没有要放弃的意思。不如一会儿碰见她，我就说你是我女朋友，也让她早点死心吧。"

"没门哈。"我用四川话对他说道。

"我可以拿个秘密跟你交换。"他说。

"你先说来听听,看值不值得换。"

"好吧,其实我是gay。"

"就算我现在脑子坏了,你也不能这么敷衍吧!"

就在我们讨价还价的时候,我俩都没注意到那个女孩子走到了我们旁边,她很诧异地看着骆无穷,又看了看我,眼睛盯着他拉住我手腕的手。我想把手挣脱,骆无穷用力地抓住我的手腕,对着她笑了笑说:"这么巧,这是我女朋友张衍雅。"然后跟我介绍那个女孩说,"这是徐嘉敏。"

她脸上的表情从难以置信变成了愤怒,她指着骆无穷吼:"骆无穷,你不是说你现在不想谈恋爱吗?你不是今天要工作吗?"

她长得很清秀,皮肤白皙,脸有点微胖,但给人一种舒适感。在医院的时候我没有仔细看过,现在细细看来倒是觉得还不错。

我没有打算加入他们之间的战斗,只是骆无穷把我拽进了他们的争吵里,骆无穷在跟她的关系上没有对我撒谎。

"在遇到她之前我是没有想过谈恋爱。"骆无穷对那个女孩子轻声说。

"你说你为什么不喜欢我?"女孩子大声质问他。

"喜欢这种事是没有原因的,我不喜欢你不是因为你不好,是我对你没有想要恋爱的感觉。"骆无穷的话让那个女孩子的脸色变得煞白。

我好像从来没有经历过这样的感情,我不问别人为什么喜欢我,我也不会问别人为什么不喜欢我。好像这种游戏大家都心照不宣,无须说得太清楚让大家难堪,也省得去想理由。

我们大家的保鲜期都太短,太容易厌倦彼此乏善可陈的生活,彼此开始变得黯淡无光,可有可无,他们是这样,我亦是。

我不想去问别人为什么不喜欢我,因为不喜欢我的理由实在是太多了,在这一点上我保持了良好的自觉性。

"所以你就喜欢一个有精神病还自杀未遂的女人?"她认出了我,她的话一出口,我像是在毫无征兆的情况下被人万箭穿心。

她的声音很大,震得我一阵耳鸣,她的声音来来回回地撞击着我的耳膜。我双手控制不住地颤抖,我拽紧拳头仍然停止不了这种失控的颤抖,心脏一阵紧缩让我喘不过气,我张大嘴大口大口地呼吸。

骆无穷扶住我的肩膀,我的身体还是控制不住地往下沉,他跟我一起蹲了下来,慌张地说:"我送你去医院。"

"药,我包里。"镇定类药物和水我都会随身带着,我不知道自己什么时候会出现躯体障碍,焦虑症像是遍布我全身的蜘蛛网,任何一个点被攻击都会拉扯我全身的神经。

骆无穷手忙脚乱地打开我的包,把药翻出来问我:"吃几颗?"

"两颗。"我伸手去接药发现我的拳头因为僵硬打不开了,我的手指完全失去了控制。他把药放在我嘴里,一只手揽着我的肩膀一只手喂我喝水。

吃完药,我的手慢慢松开,呼吸开始变得均匀。周围的人对着我指指点点,互相打探着,在信息交换中得知事情的来龙去脉。

"我想走了。"我说。

我不想争执什么,围观的人让我尴尬,我身体虚脱无力,只觉得很累很累。

骆无穷把我扶起来,对徐嘉敏说了一句:"我不想再看见你。"

那个女孩子好像被吓坏了,呆若木鸡地站在那里。骆无穷把我扶到离电影院一两百米远的木椅上坐下。

"要不要送你去医院?"他问我。

"不用,吃了药已经好多了,我坐一会儿就没事了。"

"对不起。"他说。他眼里都是歉疚。

"没事的,你被吓到了吧?"我问他。

"没有。"他摇摇头。

"我因为发病吓走了三任男朋友,他们开始都说很喜欢我,不介意我有病,说喜欢我的才华和聪明。"我说。

"七岁那年,我妈妈因为抑郁症跳楼自杀了,我小时候不懂她为什么会离开我,我知道她很爱我。他们都说我妈妈有精神病,后来也是因为我爸怕这个事对我影响太大,就带我去了北京,慢慢地,我也不再提起她。"他用很平淡的语气说起这件事,眼圈泛红怕我看出来,把头别开了。

"后来呢?"我问他。我好像明白了为什么他在看这部电影的时候会哭得这么厉害。

"后来我爸跟一个阿姨结婚了,前两年他得癌症去世了,我也就回了成都,所以现在我算是一个孤儿了。"

"对不起。"我一时不知道如何安慰他,这种悲伤太过巨大和沉重,任何安慰都不足以减轻分毫。

"因为我妈妈,长大后我选修过心理学,对抑郁症的了解可能比一般人要多一些,通常一个人的恐惧是源于无知。在医院看到你昏迷不醒的时候我心里特别难过,看到你醒过来我心里才松了一口气。那天晚上你睡错了床我特别想笑,没忍住逗了你一下。"他说到医院的事,脸上又露出浅浅的微笑。他看着我的时候眼睛里因为泪光而闪烁着光芒。

"你知道我当时第一眼看见你是怎么想的吗?"我说。

"怎么想的？"他问我。

"你可以想像一个女孩子睁开眼，看见一个胡子拉碴的男人，顶着一双熊猫眼，像个变态一样露出不怀好意的笑容，这是一种什么程度的惊吓吗？"我对他说出了我当时真实的心理活动。

"哈哈哈哈，我当时有那么猥琐吗？我觉得我还挺和蔼可亲的啊。"

"你是没有照镜子吧。"

"我一直认为自己还挺招女孩子喜欢的，没想到你之前那么讨厌我。"

"我那时候根本就没想到过会跟你做朋友。"

"那意思是现在我们是朋友了吗？"他很开心地问我。

"要不然呢？"

"可以考虑发展发展别的关系呀。"

"别的关系？我们的年龄差距还不足以让我当你干妈吧？"

"哈哈哈，讨厌啊你。累了吧，我送你回家休息。"他笑着说。

"嗯，我吃了药有些困了，回去吧。"

骆无穷把我搀扶着送回了家，药物让我困得不行，脱掉外套就躺回了床上，他帮我把被子盖好。他叫我好好睡觉，然后搬了一张凳子坐在床边。我看着他，用眼神问他你为什么还不走？他看着我疑惑的眼神说要等我睡着了再走。

我默许了，他是一个很奇怪的人。我对人的味道极其敏感，但他身上没有让我闻到情欲和危险的味道，让我感到安全。

他在某些方面跟叶穆很像，他们身上都有一种不知死活的乐观，他们是天性很好的那种人，可以治愈自己也可以治愈别人。

叶穆的童年并不比他更好，虽然出生在高干家庭，但他从小是在他母亲扭曲的性格中长大的。因为婚姻的不幸和性格的软弱，她把自己遭遇到的所有不幸都发泄在了他身上，他从小被暴力虐待，轻则棍棒加身，重则钢管相向。他好像从来没有怨恨过他的母亲。在提到他童年的时候，他只是轻轻一笑说："其实那也是她第一次做母亲，她才二十多岁，也是一个小姑娘，她懂什么。"

我则是天性不好的那类人，纵然我的家庭在我的教育上有所缺失，但他们没有伤害过我，他们也一直在对我付出，并在长大后想要了解我，但我还是过于敏感和悲观。

我有时候会想，如果换作我是骆无穷或叶穆，这种悲伤和伤害足以摧毁掉我所有的一切。我所遭遇的这些，在他们面前根本是无足轻重的，对于他们的过去而言我已是极其幸运。

我想着这些事，眼皮越来越沉，很快睡着了。

我梦见了叶穆，他跟我说他不爱我了，他跟别人在一起了。他甩手离我而去，我站在原地哭，我想拉住他让他不要离开我。我回头看见我父母对我失望的表情，他们也随之离我而去，那一刻我像被世界抛弃了。我一个人站在那里不知道该怎么办，只是小声哭着。

我醒过来的时候脸上都是冰凉的泪水，这个梦境困扰了我很多年，我总是反复做这个梦。我想是因为叶穆的离开，我变成了一个极度缺乏安全感的人。这个说要保护我一生一世的男人最终抛弃了我，让我浪荡无依，让我被欺被骗，我如同孤魂野鬼般没有了安全感。他不知道这个世界让我有多恐惧，也不知道他离开我之后我是如何赤手空拳抵御了一场场狂风暴雨。

我内心的那个孩童，还是一副小女孩的模样，穿着裙子坐在河岸边。看着乌云压顶，她感到害怕和惶恐。她在等一个人过来牵着她的手说："我带你回家。"

我可能得抑郁症了!

第六章

爱情与荷尔蒙

我睁开眼，骆无穷盘着腿坐在床边的椅子上看着我。

"你还没走？"我伸手抹去脸上的泪水，他在我床头柜上抽了一张纸巾递给我。

"从未想过，老而弥顿的耻辱，和眼泪里的锈迹斑斑。"

骆无穷念着这几句话，扬了扬我的笔记本对我说："你写的诗啊？"

"你乱翻我的东西？"我从他手里把笔记本抢过来放在了枕头下面。

"我没有乱翻，我本来想找本书看，就在你书桌上顺手拿的，很多写得还不错。"他说。

"不准再翻我的东西。"我不是恼他，那个笔记本里是我写的诗。这让我感觉好像被人窥视了内心，让我局促和羞怯。

"梦见什么了？哭得这么伤心。"骆无穷问我。

"没什么。"

"又是这句，你要不要喝点水？"

"我问你怎么还没走？"我重复了一遍这个问题。

"我没事干啊，不如守着你睡觉，这样我心里踏实一点。"

"你好像很闲，你都不工作的吗？"

"对呀，我无业游民，所以我有很多时间陪着你。"

"我又不需要人陪。"

"其实吧，是我不想一个人待着，你知道我一个孤儿，又没有女朋友，很可怜的。"他装作一副可怜巴巴的样子说道。

"滚哈。"我用四川话跟他说。

"你为什么凶巴巴的时候都说四川话，还要在结尾加一个可爱的语气词？比如'滚哈''没门哈'之类的。"他问我。

"因为用四川话才能更好地表达我的情绪，加个语气词显得比较客气有礼貌。"我说。

"我想你应该是误会了语气词的用法。"

"你要教一个文字工作者怎么用语气词吗？"

"不敢不敢，小的去给你烧点水。"他起身去了厨房。

我环顾了一下卧室，考虑我的笔记本应该藏在哪里才比较安全。

骆无穷给我端了一杯热水放床头柜上说："有点烫，你一会儿再喝，看你也没事了，我先回家了。"

我拿手机看了一下时间，已经凌晨两点了，有点不忍心地说："你要不就在外面沙发上睡吧。"

"我，一个生理正常的男人，对一个喜欢的人没有那种想法是不可能的。趁我还有点自制力，你千万别再说这种话了。"他笑着说。

"哦，那你走吧。"

"还真不客气一下呀？我走了，你好好睡觉，我明天再过来看你。"

"嗯，跪安吧。"

骆无穷又嘱咐了我几句才离开我家。

我看得出来骆无穷喜欢我，我在内心把这种喜欢归于暂时的好奇和荷尔蒙做祟。我不想把他同其他男人区别对待，我也不想对他有所期待。

我身边游走着很多男人，他们只想和我做爱，但他们不敢说，只好装模作样地对我说一句：我爱你。

同样，他们也认为我在装模作样。

一个人的爱是有限的，花完了就完了。一个三十岁的人所剩下的那点真心已经拿不出手了，也没有人再看得上这点可怜的真心了。我仅剩的那一点我想用来爱我自己，用这点所剩不多的爱度过余生。

在骆无穷出现之前的半年，我没让任何一个男人走进过我的生活。半年前，我的前男友看见我焦虑症发作，匆匆安慰了我两句就走了，之后他没有再联系我。在那时候，我彻底对爱情死了心，但我心里并不觉得难过，反而有一种彻底放弃之后的踏实感。

跟前男友分手那天，我把家里每个角落都打扫干净，把衣柜里的衣服按照季节重新整理打包和排列，把书架上还没有看过的书放一本在床头。在一周之后我忘记了前男友长什么样，我觉得我这辈子都不会再拥有爱情了，我做好了一个人生活的准备。

有时候人不能接受的不是无法拥有某一件东西，而是这件东西你看得见，你心怀希望地想去得到它，你努力之后却发现这个东西仿佛是水中的月亮，只是一个不真实的镜像，而你已经没有江心捞月的勇气与天真。

我不再如同渴望空气渴望名利一样渴望着爱情，人不能太贪心，如果可以，我更愿意拥有健康和一份让自己有价值的工作。

我们无法从自身获得认同，总是把幸福与其他人相关联。可是这个世界和与你相关的人时时刻刻都在变，而人们总想获取到稳定重复的幸福，这本身就是一个悖论。

我也变了，我不会再为爱情去浪迹天涯，我甚至不会再为一个男人而妥协退让，更不会在感情里委曲求全。

我曾经可以为爱情付出一切，甚至可以去死，像一个爱情主义者一样当一个亡命之徒。

可是在与我相恋五年的叶穆离开我的时候，我没有想过去死，而是想我以后该如何生活，如何找一份工作来养活自己。甚至有很长一段时间我感受到了自由，吃饭的时候我只需要考虑自己喜欢吃什么，有好吃的东西也不用想着要省下来给他吃。我可以在外面跟朋友玩到半夜，不用再担心他在家会担心我；也不用再患得患失，不用考虑我们的未来。

在他离开的两年后，我才因为他的离去而在深夜痛哭不止。我后知后觉，那时候我才相信他永远不会再回来了。

叶穆的离开让我整整自卑了三年，我把我们感情失败的原因都归于自身，认为自己不配被爱。那时候我身上千疮百孔，无暇顾及其他，我忙于自救，想变得优秀，想把自己漏洞百出的人生一点点补救完整。

叶穆与我性格不同，他乐于在别人面前表现自己，他很轻易就可以得到别人的关注并且为此感到愉悦。他的天赋让他耀眼，我在他的光芒之下显得笨拙而平凡，我羞于让任何人看到我，我只想在自己的小世界里自由自在。

在他离开的前三年我却变成了另一个他，我把自己变成了一个表演型人格的人，我让他们看到了一个高调的、与众不同的我。唯有一点我与叶穆不同，我在成为众人目光焦点的时候没有愉悦感，而是慌张羞怯，想躲回自己那个小世界里。

那几年，我的灵魂在他和我之间切换和拉扯，我在与他相较，同自己斗争。我想要站得更高，让更多的人看见我，只有这样他才能仰望我，用当初我仰望他的目光。

一段失败的爱情让我变得可笑、偏执。我所做的这一切好像毫无意义，但这段时间对于我来说，是我人生的一个分水岭。因为怨恨，我变得独立，我不用再依附在任何人身上，不用那么辛苦地去期待和仰望。

我用了很长时间才把他的影子从我性格里剥离出去，他带给我的在爱情里的自卑感，在三年后终于消弭。

药物似乎让我对叶穆的恨意平息很多，很多时候对他的爱和恨都只出现在梦里。弗洛伊德说"梦是欲望的满足"，或许因为曾经的爱太过强烈太过用力，爱和恨都像被一刀一刀刻在了我的意识里。

我在爱情这条道路上飘荡着，不再热烈，也不知道会停靠在哪个男人的床榻之岸。

后来几次失败的恋爱让我彻底心灰意冷，觉得自己没有恋爱的天赋，也不被上天眷顾怜悯，我想大概我是不值得被爱的人吧。

对于这种想法我感到心安理得，我坦然地承认了我在爱情上的失败，断绝了关于爱情这种媚俗的幸福幻想。

半夜睡醒之后就很难再入睡，我起床喝了一些蜂蜜水，然后开始整理东西。我习惯把东西随手乱放，过几天再把家里——整理好，我喜欢这种枯燥的循环过程。

骆无穷给我发来微信，问我"睡了没"。

"我准备睡了。"我没有跟他聊天的打算。

"那晚安。"

"晚安。"我说。

过了几分钟他又发来微信问："你是真的睡了吗？"

"没有,我说要睡了是为了敷衍你。"我很坦诚地说。

"我猜也是,我只是确认一下。"

"嗯,那我们就假装都睡着了吧。"

"那我明天可以和你一起玩吗?"

"我明天要去公司,没有空。"我想了一会儿拒绝了他,我没有打算去公司。

"你拒绝人的理由都是这个吗?"他问我。

"不是。通常我只会说我没空。"

对于骆无穷,如果是以前的我,我会喜欢他身上禁欲的气息,我会把他看作我捕猎的对象。我虽然把他同其他男人等同,但我知道他与他们多多少少还是有一些不同。

大多数男人喜欢我都是因为我光鲜的表面,我让他们看到了我的面具,美丽、聪慧、特别、充满欲望的表象。

骆无穷看见的是那个摘下了面具的我,那个软弱的、病态的、傲慢冷清的我。他从一开始就看到了我最不堪的一面,他比他们多了一些真心实意,恰恰就是因为这些真心,我不忍心利用他。

是的,是利用。

以前在低谷的时候我总希望靠爱情拯救自己的多巴胺,总想可以在一个人身上暂时停歇,用关于爱的想象来保全我对这个世界的好奇心。

现在我不想他把精力浪费在我这里,我已经没有真心可以给他了,这对于他来讲不公平。我不能那么自私地去辜负他的真心,虽然我不确定他对我的真心有多少。

但他对我的拒绝没有放在心上,第二天他早上八点多给我打电话:"你准备什么时候去上班?"

我随口就说:"我已经准备出门了。"

他说:"那好,我在你楼下了,我送你去公司。"

"你能不能别多管闲事?"我有些生气了,他像一个擅自闯入者侵犯了我的空间。

"你的事不是闲事,你今天去公司把你们公司的账目给我,我帮你查账。"他很严肃地说。

我简单洗漱了一下,换了衣服下楼,他似乎没有因为我刚才电话里的语气有什么异样,脸上依然是那种若有若无的浅笑。

"走吧,张总,车停在外面的。"他说。

我跟着他走出小区门口,路边停着一辆白色的揽胜。

"车不错。"我说。

"租的,好几百一天呢。"他说道。

他给我打开车门,用手护着我的头顶。我坐上车,他从后排拿了一个纸袋递给我说:"你先吃点东西,也不知道你喜欢吃什么,我随便买了一点。"

"谢谢。"我接过纸袋,里面有蛋糕和热豆浆,我把豆浆捧在手上暖手。

"冷不冷,要不要开空调?"他问我。

"不冷。"

"那就不开空调了,省点油。"他笑着说。

"既然是租的,就不要节约那么点油钱了吧。"我开玩笑说。

"见着你的时候,你跟我都有说有笑的,但每次跟你分开之后你都对我很冷淡,把我拒之千里。"他一边开车一边说。

"我见着你也可以很冷淡,你要不要试试?"我说。

"我还是不要试了,我的小心脏受不了这种刺激。"

"骆无穷，我很感激你对我这么好，但我们不合适，你也不要再在我身上浪费时间了。"我说。我喝了一口豆浆，打算今天跟他把这个事说清楚。

"人性都是自私的，我对你好，是因为我愿意这样，我觉得开心，其实最终满足的还是我自己的私心，你没有任何理由感到亏欠了我。"他说。

"我也有我自己的准则，我不需要你对我好，也不需要你同情像烂泥一样的我。"

"你这是在试你对我究竟可以有多冷淡吗？"他转过头一脸无辜地看着我说。

"我跟你说正经的，你别这么不正经。"

"我本身就不是一个正经人啊，所以你也不需要对我负责。你放轻松一点，其实不是每个人都有那么强的目的性，如果我还没有让你那么讨厌，你完全可以自私一点。我这个人挺贱的，你不用因为我是一朵娇花而怜惜我。"

"你是为了跟我上床吗？"

"张衍雅，你低估了你自己，也低估了我。"他第一次直呼我的名字，然后沉重地呼了一口气。

我突然无话可说，把头转向车窗外，心里隐隐有些难过。

"对不起，我只是想说我接近你并没有什么企图或恶意。"他跟我解释道。

我没有再说话，骆无穷的出现好像打乱了我原本的生活计划。我本来的生活计划中不会再有这种微妙的感情。

他把车停在我公司楼下的停车场，我下车的时候因为精神有点恍惚，忘记了他的车的高度跟我的车的高度不同。他的车打开车门会延伸出一个踏板，我一下踩在了踏板外滑了一下，身体失衡让我差点摔倒，手上的豆浆洒得满手都是。骆无穷赶紧下车过来看我有没有事，然后从车上拿纸巾递给我擦手。失态让我有些尴尬，他看见我没事之后由紧张变成了强忍住笑意。

"你想笑就笑吧。"我说。

他哈哈大笑着说："张总，你真是很可爱。"

我的脸一阵发烫，没忍住也笑了笑。这次失态倒是化解了我们之前冷冰冰的气氛。

"我去公司把账目都整理一下，你先回去吧。"我说。

"我去附近办点事，中午我过来找你吃饭吧。"

"一定要这么黏人吗？"

"你这么快就喜新厌旧了吗？"

"好了，你可以走了。"我对他挥挥手。

"你把蛋糕带上，万一你一会儿想吃一点呢。"

他从车上把纸袋拿下来给我，我接过来，转身回了公司。

同事们看我来上班了都很开心，我喜欢他们这群90后，虽然他们比我年龄小，但我从来不会在他们面前"倚老卖老"地讲我的人生经验。在我看来他们的思想成熟但不世故，心里有自己的黑白和是非曲直，他们有比我更好的人生轨迹。

我打开电脑整理从公司创业到这个月的报表，我一直没有去核对过账目，除了信任高伟，另一个原因是我懒，这些数字对于我来说太过繁琐了。

我把账目整理好之后存到了手机里，我在想怎么开口找高伟拿公司的对公账户银行卡。我不能直接说我要查银行流水，他是公司法人代表，平时银行卡和网银都在他那里。

我想了想，去了高伟的办公室。他坐着在听歌，看见我进来了，摘下了耳机。

"银行昨天有没有给你打电话？"我问他。

"没有啊，怎么了？"他问。

"银行昨天给我打电话说我们账户被封了，具体也不了解，给你打电话没有打通就给我打电话，叫我今天带着卡和公章去开户行办理一下。"

"这样啊，那得赶紧办理。"

"你今天开车了吗？"我问他。来的时候我没有看见他的车，高伟不怎么开车来公司，他们家的车基本上是他老婆在用。

"没有，你开车了吗？"

"那你把卡和公章给我，我去办吧，我开了车方便一点。"

"好。"他从抽屉里把银行卡给了我。

"卡的密码没变吧？"

"没变，还是之前的那个。"

我接过卡，收拾了一下东西去公司楼下打了一辆车去了银行。在银行打印完流水之后已经中午了，我给骆无穷发了信息问他在哪儿。他说他在我公司楼下的咖啡馆，我打了车回到公司楼下。

骆无穷坐在咖啡馆里玩手机，说什么去附近办事，只是在咖啡馆耗时间。

我在想，他不工作，依靠什么生活？从开的车来看经济条件不错。父母亡故，可能继承了一笔遗产，从此过上了平凡而富裕的生活，所以有那么多时间跟我耗着。

他看见我连忙起身迎上来。他开心的样子总是很难跟他的身世联系起来，也觉得他年龄还小，还没有经历过人间的苦难。

"你事情办完啦?"我问他。

"是的,你呢?"

"我也办完了。"我把银行打印的流水递给他,"我把公司的账目发你微信上。"

"嗯,我们先去吃饭吧,我饿了。"他皱着眉,撒娇着说道。

"走吧。"

"张总,我们吃什么啊?"

"张总带你去吃一家超好吃的冒菜。"

我带他去了公司附近的一家冒菜馆,冒菜是成都一种类似麻辣烫的快餐。错过了午餐高峰期,店里人不多,点好餐之后,骆无穷拿手机看我发给他的账目表。

"太乱了,我要重新整理一下。"他说。

"是不是很麻烦?"

"还好,只是多花点时间。"

服务员端来了冒菜和两碗米饭,我挑了一些冬瓜和青笋吃,厌食让我进食艰难,吃饭对于我只是完成任务和维持生命体征。吃完饭走出饭店我就在路边绿化带吐了,骆无穷拍着我的背部笑着说:"你看起来好傻啊。"

我深呼吸了两口,喝了些水说:"笑个毛。"

"你这样就别回公司了。"骆无穷说。

"嗯,一会儿你去哪儿?"

"你的账目我要带回家做,你要不要过来指导一下工作?"

"去我家做不一样吗?"

"我是一个有特点的会计,我习惯用我自己的电脑。"

他看我没事了就去附近的超市给我买了几包青梅和话梅,他说:"我看那些孕妇吐得厉害都吃这个,你也试试吧。"

"我又不是孕妇,我为什么要吃这个?"我说。

"反正都是吐嘛,都差不多。"他说。

我放了一颗青梅在嘴里,觉得好像是好了很多,我打算下次去超市的时候多买一些。

骆无穷开车回了他家,他打开门的一瞬间我惊呆了,"家徒四壁"可以精确形容他家。门口只有一个鞋柜,一眼望进去,客厅空空荡荡,除了一张灰色的三人沙发和一张白色圆形茶几之外没有任何家具,唯一的家电是沙发旁边的一盏蒲公英形状的落地灯。

"不用脱鞋了,我没有多余的拖鞋,而且地板未必比你鞋底干净。"他主动说道。

"你家是被偷了吗?"我问。

"没有啊,有什么不对吗?"

"有点意外。"

骆无穷让我觉得很好奇,他的性格太多变了。

"哦,我是极简主义,可以减少很多打扫卫生的时间。"

"看出来了,很彻底的极简主义。"

骆无穷换了鞋,带我进了他的书房,书房里的书架摆了两排书,其余就是一张书桌、一张椅子、一台笔记本电脑和一张灰色的单人沙发。

"你看你自己玩点什么,我先整理一下你的账目。"他说。

"你这儿也没什么玩的呀!"

"你愿意的话可以玩我啊。"他装作坏笑,挤眉弄眼地看着我说。

"我还是玩手机……吧。"

"那你自便,厨房冰箱里有矿泉水。"

骆无穷打开电脑开始处理账目,我坐在沙发上打开微信刷朋友圈,看到一条朋友圈的时候我怀疑今天是不是愚人节。

我给赵心怡发了一条信息:"苏千万分手了?"

"啊,我不知道啊!她没说。"赵心怡看来也不知情。

"我在朋友圈看见小富晒结婚证,结婚照是他跟他前女友。"我发完信息,就把朋友圈截图发了过去。

"……怪不得最近她没有怎么跟我们联系。"赵心怡说。

苏千万跟她男朋友是通过我认识的,现在准确说是她"前男友"了。苏千万的串串店开张的时候他们要求我带个男伴过去,小富家离她的串串店很近,我便约了他。他问我需不需要穿正装,我说只是我跟朋友聚会不用那么严肃,随便就好了。他还是专门置办了一身低调的休闲装,接我之前去把他的跑车洗了。

我们叫他小富是因为他跟苏千万一样也是富二代,他是我的酒肉朋友。我在服药之前,他也经常约我吃喝玩乐。他在我面前从来没有富二代的架子,我累了他就给我捶腿,我渴了他就给我递水,我吃饭他就给我擦嘴。这些对我来说都不特别,那时候我被很多这样的裙下之臣奉承着,他和李喻只是其中的少数。

小富欣赏我的才华,跟很多人一样觉得我有趣,他在我面前像个绅士。我也曾经问过他是不是想睡我,他非常不绅士地说:"你今天出门是不是没有照镜子?"

他第一次见到苏千万的时候就跟我说他喜欢她。我告诉他苏千万有男朋友,他也没有再提过。

后来苏千万把铺面买了下来,串串店重新开业,我又带了他过去庆祝。这时候苏千万跟她之前的男朋友已经分了手，他们也顺理成章地在一起了。

我跟小富说过苏千万不是那种出来玩的女孩子，她很单纯，你如果只是想玩一玩就不要招惹她。他跟我保证他是真心的。

我跟苏千万说小富不是很靠谱，他感情经历很复杂。苏千万跟我说她不怕。但我没有提过他前女友的事，我不想她坠入爱河的时候觉得暗潮汹涌。

小富的前女友我见过一次，小富在她面前卑微得可怜。他前女友大他七岁，外貌出乎意外地普通，当然这些不能成为我不喜欢他前女友的原因。我不喜欢他前女友一副高高在上的傲慢和不懂人情世故的无礼。

小富跟她分分合合不下十次，每次分开，两人分别再寻新欢，跟新欢分手后他们又再次复合。上个月我才看见小富和苏千万秀恩爱，所以这么快小富和前女友复合并领了结婚证真是让我目瞪口呆。

前两年的秋天，小富再次跟他前女友分了手。他约了我喝酒，他喝得有些多了，领着我往他前女友住的地方走。走到她家楼下，看她家的灯是否亮着，我陪着他在楼下坐了半个小时。

他们那一次分手是因为她失踪了一周，去医院照顾她住院的前男友。

那天我问他为什么那么爱她，小富的答案让我很意外，那时候我相信了爱情也怀疑了爱情。

他说，她很可怜，她初中的时候就被亲生父亲性侵，他很想照顾她一辈子，让她不再受苦，以后都无忧无虑。

我似乎能理解他的这种感情，就好像我对叶穆，因为他童年的不幸，我对他的爱里有母性的情感。即便他也做了很多伤害我的事，可那时候我仍然不放手，我不相信这个世界上会有人比我更爱他。除了我，没有人可以给他幸福。

只是我放手了，我不再相信自己可以给叶穆幸福，他的幸福应该是天高海阔，在别处。

小富跟苏千万在一起的时候，我担忧他对苏千万的爱不足以让他忘却那个前女友。苏千万家里虽然有钱，但在她身上完全看不出一个白富美应该有的样子。开一辆破旧的车，穿衣品味堪忧，也不爱打扮，神经大条，不拘小节。

苏千万像一个懵懂的小孩子，觉得有吃有喝可以睡懒觉的生活就足够好了。对我们从来都是笑盈盈的，没有什么攀比心，也很能谦让。

我们在谈及她的时候都会忧虑她这样迟钝的性格怎么去跟别人竞争。转念我们又会很羡慕她，我们的锋利和精致恰恰是因为我们在情感和物质上缺乏很多安全感，所以我们也习惯了把自己包装得无懈可击。

我心里有些亏欠，我想如果一开始我就跟苏千万说了小富前女友的事，她会不会多斟酌考虑或是有所防备。我跟赵心怡约好明天找苏千万一起玩。作为朋友，我们能做的只有陪她熬过这段时间。

我抬头发现骆无穷转过身体正一脸不解地看着我，他问我："你嘴里一直嘀嘀咕咕地念叨什么啊？"

"没什么，我想问题的时候喜欢自言自语。"我说。

这是我一个不自知的毛病，我大脑走神的时候嘴里会把想的问题都念出来，而我自己完全不知道我在说话。

"看你表情好严肃，你在想什么问题？"骆无穷问我。

"我朋友失恋了,她男朋友跟前女友结婚了。"我说。

"我只是很好奇你的前男友们都是什么样的人?"

骆无穷停下手里的工作,转了一个身面对着我。

"他们生前是什么样的人我不记得了,他们现在在我这里都是死人。"我耸耸肩说道。

"哈哈哈,女人哪,真是可怕。"

"你呢?谈过几次恋爱?"我问他。

"标准答案不都是三次吗?"

"也是,这是渣男的标准答案。"

"你有没有特别爱过一个人?"他问我。

"这么八卦,快给我算账。"我没有打算跟他提我以前的情史。

"说说嘛。"他不依不饶地缠着我说。

"有,他是我唯一一个动过结婚念头的人,只有他让我觉得我以后的生活会很有趣。"

我想我既然不打算跟他在一起,提起情史可能会让他放弃。

"这个人是叫叶穆吗?"

"你怎么知道?"我惊讶地问。

"昨天晚上你睡着的时候我听见你说梦话了,你叫了他的名字。"他说。

"我还说什么了?"

"没说什么,我只听清楚了这个名字,他是什么样的人?"

"关你什么事?"

"了解一下我的情敌嘛。"

"他结婚了。"

"真是让人嫉妒。"

"这有什么好嫉妒的？"

"嫉妒你那么爱他。"

"其实我已经不爱他了，只是他对我的影响太大了，有些问题我还没有想明白。"我说。

我没有骗他，对于叶穆我确实已经不爱了，很多时候我已经不记得当初如何去爱过一个人了。他曾经跟我亦师亦友亦爱人，他离开之后又成了我的敌人，我怨恨他，他是背弃了我们爱情的叛徒。

在我懵懂无知的时候他重塑了我的思想，他引领我走过很长一段路程，他走之后再也没有人能指引我。我时常身处黑暗，唯有把自己当成他，想这样的境遇他会怎么办。在我的记忆里他又是一束明明灭灭的光。

这些都不再是爱了，我不能忘记他，更多的是因为我无法原谅那时候的自己。我无法忘记过去，也不能同自己和解后轻装前行，唯有停下来与自己的过去厮杀较量。

"我这么辛苦工作，你不打算犒劳我一顿吗？我都饿了。"骆无穷问我。他故意转换了话题，也许我脸上不经意间还是露出了悲伤的神色。

"想吃什么？我请你。"

"你会做饭吗？"他问我。

"会啊，你该不会想让我给你做饭吧？我告诉你想都别想。"

"天天在外面吃饭我都要吃吐了，我好想吃家里做的饭。"他撒娇地说。

"你自己不会做吗？"

"不会呀,但我可以给你打下手,我可以洗碗。"

"那你想吃什么?"我问他。我心软了,想做顿饭答谢他对我的好。

"你会做什么?"

"川菜我基本都会。"

"看不出来啊,你想做什么我就吃什么。"

"你看不出来的事还多,我很小就会做饭了。我妈说女孩子生活要独立,所以我很小就会做家务还要喂猪。后来我发现我爸妈从小给我灌输这种独立的观念只是因为他们想偷懒。"

"哈哈哈,你小时候一定很可爱。"

"你的意思是我现在很不可爱吗?"

"你们女人总是喜欢这么曲解别人的话吗?"

"女人就像一首歌,你不能跟一首歌讲道理——泰戈尔。"

"还叶芝呢!走吧,出门买菜。"

跟骆无穷去了他家附近的菜市场,看着菜摊上各种新鲜的蔬菜,看着菜摊前认真挑选的人,觉得摊贩也好,他们也好,都在很认真地生活。我已经很久没有去过菜市场这种地方,跟骆无穷讲解怎么挑选菜的时候,觉得自己也像一个居家过日子的小女人。

我们不慌不忙地逛着菜市场,骆无穷拎着菜听我讲什么样的番茄维生素更丰富,什么样的蒜苗更香……

我想晚上给他做水煮鱼、蒜苗回锅肉和番茄煎蛋汤。买完菜回家的路上我跟骆无穷并肩走着,我好像很久没有这样跟一个男人一起逛菜市场,也没有想过花心思去做一顿晚餐。

每次恋爱结束我都会看着手上那一沓厚厚的餐饮发票,想着像我花钱这么大方的女人他们不会再遇到了,然后心里忿忿不平地把那一沓发票拿去给公司报税。

那时候他们都说我不接地气，我想我为什么要接地气？我那么努力赚钱就是不想被现实世界所裹挟，也不想再在现实和爱情之间抉择。我有能力去拥有纯粹的爱情，如果不能拥有爱情我也可以为自己构建一个自由自在的小小世界，将自己与外面繁杂混乱的生活隔绝开来。

或许我现在有些明白了，他们是觉得我没有与他们一样认真地生活。我在他们眼里亦是水中月镜中花，他们可能更需要一个可以融入在他们生活里的人，像一本触手可及的书或是一个软绵绵的抱枕。我跟他们太过不同，对他们而言我也是一个镜像，不够真切。

从某种程度上来说，我同样没有给予他们安全感，我这个镜像随时可能会消失掉。我曾以为物质可以让他们有安全感，我对他们花钱大方，我觉得这就是爱呀，从另一方面来说，我的方式刺伤了他们作为男人的自尊心。

这个大概就叫好笑的爱了。

骆无穷在厨房说要帮我打下手，我嫌他碍事让他去给我做账。他赖在厨房门口不走，说要跟我学做饭。他厨房的用具和佐料倒是很齐全，但也看得出已经很久没有开过火了。

"你家有没有好的白酒？比如五粮液或是泸州老窖之类的浓香型白酒。"我问骆无穷，他站在门口倒是方便给我找东西。

"有。"他从橱柜里拿了一瓶还没开封的五粮液递给我，问我，"拿酒做什么？"

"腌鱼。"

"会不会太浪费了？这瓶酒好贵的。"他心疼地说道。

我看了他一眼，把酒瓶拧开，说："不贵的也没有作用。"我倒了约一瓶盖的五粮液在鱼里，再放入盐、姜丝、葱丝和芡粉拌匀。

我太久没有做过饭，技艺有些生疏了。骆无穷在旁边很好奇地看着我做菜，时不时跟我讨教一些做菜的问题。我做好的时候，他大呼："好香，口水都要流出来了。"

我们把饭菜摆在茶几上，拿了垫子席地而坐。是的，没有餐桌也没有椅子。

"你试试这水煮鱼。"我看着他说。

他夹了一块鱼，吹凉了放进嘴里，看见他惊讶的表情我就知道，这鱼算是做成功了。

"这鱼做得太好吃了，够鲜辣又保持了鱼肉的甜嫩，最妙的还是那一丝若有若无的白酒清香。你这个厨艺丝毫不逊色于大厨啊！"他说完夹了一块鱼肉放我碗里。

"没有浪费你的五粮液吧？"

"物超所值。"

"这可是我的独家秘方，除了炒料之外，好的浓香型白酒就是点睛之笔了。"

"想不到张总除了会写诗，在厨艺方面还有这么深的造诣，佩服！"

"再复杂一点的菜我就不会做了，我只会做一些家常菜。"

看着骆无穷吃得开心，我也有一些开心，做饭的人最满足的就是自己做的饭菜可以让人愉悦。

骆无穷吃完饭摊在沙发上说太撑了，他需要休息一下再去洗碗。我说，我要回去了。骆无穷坚持要送我回家，不放心我自己打车回去。他去卧室拿了一条羊毛围巾给我围上，说晚上有些冷，别着凉了。

我闻着他围巾上味道，有一些恍惚。

回到家里我才觉得好像又回到了我的现实世界，独孤又冷清。我有些懊恼自己接受了骆无穷闯进我的生活，好像我跟他之间又亲近了一些，有了近乎恋人的亲密。

但我明白，我这样的一个病人，不应该去拖累别人的生活。

第二天上午骆无穷给我发微信问了一些账目的问题，我对他的语气近乎生疏的客气。他约我晚上看电影，我说晚上我约了我失恋的朋友吃饭。

我下班之后去见苏小茹，她显得很消沉，几乎把失恋的情绪都写在了脸上，尽管她努力地强颜欢笑。

我、赵心怡和谢薇薇都没有提小富的事，尽量跟她说一些生活里开心的计划，比如去吃好吃的，周末去哪里玩，最近有什么好看的电影之类的。苏小茹自己说了跟小富分手的事，我不知道苏小茹知不知道小富结婚的事，我像做了亏心事一样也不敢提起。

这次失恋让苏小茹失魂落魄，整个人像垮掉了一半。我们都知道这是一段恋情被结束后的必经之路，这段路程的长短对于每个人来说都不同。有的人走过这段路程只需要几天，有的人要走好几年。

我在想，爱情是什么？

每个人生阶段对于爱情的看法都是不同的，爱情的形象从无到有，再到消亡。

我没有青梅竹马也没有早恋过，年轻时对于爱情的看法都是来自于书本和电视剧。遇到叶穆的时候,爱情是我的灵魂,叶穆离开之后,我觉得自己好像是一个残缺之人。再后来,我看见爱情在我的生命中逐渐淡去,直至消失,我无能为力也无动于衷。

后来遇到那些被我认为爱过的人,我更倾向于把对他们的爱等同于性吸引力。

我对他们的兴趣始于荷尔蒙作祟,这样说让我显得像性饥渴,对于女人来说应该有些羞耻感,但我不接受这样的设定。在我的认知里,如果不考虑物质、身份、门当户对,那两个人在一起的前提就是彼此的性吸引力。

我毫不掩饰对他们身体的欲望,我喜欢他们亲吻我的嘴唇、脖子、后背和脚趾头,喜欢他们的喘息、温柔与粗暴。我的身体在满天繁星的黑夜里,在熊熊燃烧的烈火中,在欲望的大海里沉浮,我呻吟着,我将指甲深深掐进他们的后背。那是我唯一能够感受到我这副病态的躯体真实存活着的时刻,我的每一寸肌肤都表现得如此饥渴,像极了一个渴望爱的人。

骆无穷遇到我的时候,我已经很久没有性欲了,身体的荷尔蒙变得悄无声息。长期服用精神类药物把我变成了一个性冷淡的人,性欲不再成为我生理需求的困扰,在某种程度上减少了我与男人的相关度。男人在我这里也就失去了功能性价值,因为除了做爱,他们能做的事我的朋友们都可以做到,甚至比他们做得好一百倍。

三十岁,我认清了自己的功利。

我可能得抑郁症了!

第七章 生活

骆无穷在三天后给我发微信说公司账目有问题,有几笔款项不明。我心急火燎地赶了过去,他告诉我,大概有八十多万的收入被转入了一个私人账户。

"你确定没有错?"我说。

我心理有些复杂,好像终于抓到了高伟的把柄,我可以从公司拿走一笔属于我的钱,同时我不用再为想退出公司而内疚。我又希望是骆无穷错了,我不想承认自己被欺骗。

"你在质疑我的专业性?"骆无穷的表情告诉我,他是对的。

"哪些地方不对?"我问。

"银行有几笔款项没有入账,只是转入了其他账户,奇怪的是查不到这些款项的来源。还有就是账目上有一些收入没有汇入公司账户,去向不明。"骆无穷说。他把有问题的账目给我做了标记,一一指给我看。

"我知道怎么回事了。"我说。

几笔没有入账的款项是之前一家公司承包了我们的销售业务,他们的业绩走的是我们公司的账户。但两个月之后他们公司就倒闭了,这几笔不明款项是来自于他们那两个月为我们累积的资源。那家公司倒闭了,高伟知道以我的性格不会再去核对,就直接把钱转入了他的私人账户。其他有问题的账目应该是高伟在跟合作单位对账的时候,找理由让款项走了他的私人账户。

"你要请一个专业的会计,不要让合伙人再沾手财务,你心太大了,这些都是你的血汗钱。"骆无穷说。

"你能帮我倒杯水吗?"

焦虑的情绪在我身体里蔓延。我接过骆无穷递给我的矿泉水，猛灌了几口。

"你别着急，我可以帮你处理好的。"骆无穷试图安抚我焦躁的情绪。我知道怎么处理这件事，我只需要把这些证据甩在高伟的办公桌上，他便百口莫辩。

我明白我在焦虑什么，这个曾经是我朋友的人，我在他面前亲手把我们的信任撕碎，彼时的朋友，从此成为仇人。我将去索要我应得的那部分钱，在钱面前我变得张牙舞爪，不容侵犯。

我喝了半瓶水才稳定了情绪，我面无表情地坐在骆无穷面前。

"你打算走法律程序还是私了？"骆无穷问我。

"我想先去公司找他谈一谈再说，毕竟多年的朋友。"我说。

"我陪你一起去吧。"骆无穷说。

"不用了，我自己去就可以了。"

我把账目发到手机上，整理好银行打印的资料。我站起来的时候，有些步态不稳。

"我还是把你送过去吧，我不去你公司，在楼下等你。"骆无穷看见我状态不好，这样说道。

我没有拒绝他，我自己感觉确实不太好。一路上我沉默无语，到公司楼下的时候，骆无穷嘱咐我有什么事一定及时给他打电话。

我回到公司，径直走进了高伟的办公室，然后关上了门。高伟看出了我的表情不对，问我怎么了。我把账目表发到他QQ上，然后把银行打印的流水扔到他桌子上说："你自己看。"

他打开账目表的时候，表情逐渐变得僵硬，手也开始微微颤抖。

"这些账目怎么回事？"我问。

他支支吾吾说不出所以然，然后闭口不言。

"我们这么多年朋友，因为我信任你，你就这样对我？"

他沉默了一会儿说："我老婆生孩子之后在家无所事事，沉迷网络赌博，欠了一百多万的债。后来瞒不住了才跟我说，我没有办法，我想过卖房，但是卖了房子，我上有老下有小怎么办？"

"所以，你就做假账？拿公司的钱去还你老婆的赌债？"

"我只是想暂时挪用，之后再慢慢填补回去，但是公司接连亏损，我根本没有钱可以填补回去。我真的是这样想的，我不想骗你。"

我看着高伟，他也看着我的眼睛，没有躲避。

"所以你之前想把公司卖了？"

"是的，我想把公司卖了把钱还给你，这样我也不用对你愧疚了。只是没想到他们公司根本没有收购的能力，跟他们合作也未必有钱赚，我就想等公司好起来再慢慢还上这笔钱。"

我没有想到会是这样的，我相信他没有撒谎。原本的怒气消了一大半，一时间我竟然不知道该怎么处理这种情况。

"你一直像个不食人间烟火的人，你一个人自由自在，不用面对上有老下有小的家庭压力。工作、赚钱对于你来讲只是你的兴趣。这大半年你几乎没有把心思放在公司，你活在你自己的世界里不知人间疾苦。"高伟说。

我听出了他对我的怨气，原本消除了一半的怒气再次沸腾了起来。

"所以你老婆沉迷赌博欠下这么多的赌债也怪我咯？所以我之前所有的辛苦在你看来不过是我一时的兴趣？还是我不应该生病，我应该为你们欠的债把生死置之度外？"我愤怒地质问着他。

"我没有责怪你的意思，我是羡慕你。你从来都是我行我素，还有那么多人偏心你。我想过跟你说挪用钱的事，你一直高高在上，我不敢跟你提，我怕你看不起我，你那些得理不饶人的刻薄话太伤人了。"他语气软了下来。

"你还是在责怪我，我怎么就高高在上，怎么就刻薄了？"我剑拔弩张地说。

"可能你自己从来都没有意识到，因为你的能力，你周围的人压力有多大。你以前在公司的嚣张跋扈，让我们都要仰望你。"高伟有些激动。

"你这样看我？我从来没有这样想过！"

"你当然没有想过，你根本不关心别人在想什么，你的世界只有你自己。"

我觉得很难过，我从来不认为自己是这样的人。如果他跟我说他需要钱救急，我会同意把公司的钱借给他，因为他曾经是我信任的朋友。

"这些不能成为你欺骗我的理由，也不能成为违反我们股份合同的原因。"

高伟露出了苦笑，说："这件事我无从辩解，是我对不起你。只是我想以后我们不再是朋友了，这些话以后也没有机会说了。其实我挪用的钱都做了记录，我没想到你会去查账，原本打算慢慢填补回去,我们还可以是朋友。你想怎么办都可以,但我目前真的没有钱还你,我老婆的赌债还没有还清,我被压得已经透不过气了,有时候想可能坐牢对于我来讲还轻松一点。"

"走到这一步,朋友我们肯定是做不了了,公司我会退出,但在这件事解决之前公司的银行卡和网银放在我这里。"我说。

高伟从抽屉里把网银相关的东西递给我,这一刻,我跟他的友谊彻底分崩离析。

"具体怎么办我还没想好,我想好再找你。"我说完把东西和资料都装进包里,转身离开。

骆无穷在车上等我,我坐上车,他把水递给我,问我谈得怎么样。我把事情从头到尾给他说了一遍。

"那你想好怎么办了吗?"他问我。

"能怎么办,我又不能真的告他,这样会把他逼疯的。"我说。

"他一个成年人应该要为自己的事负责,你只是拿回你应得的那部分。"

"嗯,我会好好考虑的。"我说。

"那我送你回去吧,别想那么多了。"

我点了点头:"我真的是那种对朋友漠不关心的人吗?"我问他。

"不是呀,你每次跟我提起你朋友的时候都是很骄傲的样子,我看得出你很喜欢你的朋友。不要把这些责任都揽在自己身上,这不是你的问题。"骆无穷说。

"其实这不是我第一次听别人这样说我了,我一直都知道我不是一个合格的朋友。其实我以前没有什么朋友,这几年我的朋友突然多了很多,什么样的朋友都有。他们围着我转,对我很好,我很感激他们。我也在慢慢学着怎么做一个合格的朋友,但没有学好。"我的话有些丧气。

"为什么你以前没有什么朋友?"

"小时候我爸妈总是把我关在家里,因为邻里关系复杂,他们也不允许我跟其他小孩一起玩,时间长了我就习惯一个人玩了。"

"我刚到北京的时候也没有人跟我玩,因为我说话带口音,所以被同学嘲笑和排挤,我上了中学,换了一批同学才慢慢有朋友。"

"那时候你觉得孤独吗?"

"很孤独。"

"我也是。所以很多时候我真的很感激我的朋友们,觉得他们不嫌弃我那么多毛病,还对我那么好,但我作为朋友好像很失败。"

"你没有觉得他们对你好是理所当然的,其实他们对你好也不是无缘无故的?你有没有想过他们对你好是因为你是一个值得他们对你好的人?"

"没有,我觉得我是运气好。"

"也有运气的成分,更多的是因为你也很好,他们在你这里同样获取了很多让他们觉得愉悦的东西。你同事有一点没有说错,你确实有点不食人间烟火,你不了解人性的现实。"

"其实我也是很现实的人,哪有不食人间烟火?"

"我说的不食人间烟火不是嘲笑或是贬义,说你不食人间烟火是你不是以利看人,而是以善看人。"

"我只是喜欢把什么都区分清楚，朋友是朋友，利是利。在该得的利益上，绝大部分时候我是分毫不让的。"

"这是原则问题。"

"我不知道他们怎么会觉得我不知人间疾苦，我生活也很辛苦很不容易。"说完，我长长地叹了一口气。

"成年人的生活哪有容易的，只是谁的苦少一点或是不同而已。"他说。

"你很会安慰人啊，年轻的男孩子说话都像你这么甜这么好听吗？"

"你跟我差不多大，别端着！"

我挺认同骆无穷说的成年人的生活都不容易，人生都很苦。能选择受哪一种苦其实已经算是幸运的了，大多数生活的苦都由不得我们自己选择。

身边很多人羡慕我的生活，已婚的羡慕我自由自在，觉得婚姻如同一个牢笼将他们一生都困住了。可是大概他们都不能体会我在黄昏独自醒来时如同被抛弃和隔绝的孤独感。

生活物质条件欠缺的，羡慕我不为钱发愁，有房有车，整日吃喝玩乐，花钱大手大脚。可是他们想象不到我穷的时候，我曾经三天只进食一碗粥一个鸡蛋。为了节约一块钱舍不得吃早饭，有一天早上去上班实在太饿了，花了一块钱买了三个小包子，走到路上看见一条被主人遗弃的小狗，我分了它两个包子，那时候觉得自己跟一条狗同病相怜。

他们也不知道我这几年为了工作承受了多大的压力，曾经劳累过度差点猝死。而且我也没有有钱到可以衣来伸手饭来张口的地步,我还得去拼去争,我的每一分钱都是自己打拼回来的。

只是我从来不说这些,便没有人觉得我受过苦。

他们也只看到了我光鲜的一面,这两年抑郁和焦虑的反复交替让我活得人不像人鬼不像鬼,病痛带给我的精神和身体的痛苦远远比我经历过的孤独和贫穷要苦得多。

不能因为我跟他们受的是不一样的苦就断定我生活很容易,又或者他们觉得我的病痛是不食人间烟火的矫情,我不过是自作自受。

骆无穷把车停好,我坐在车上发了一会儿呆。"你陪我散散步吧。"我说。

天已经黑了下来,这个冬天仿佛漫长得没有尽头。

骆无穷走在我旁边,他好像很开心。我从金鱼街走到抚琴西北街,这边是藏族人聚集地,整条街都弥漫着藏香的味道。街道两边的铺面,都是藏族服饰和藏餐馆子,墙上挂着彩色的经幡,这里更像川西高原的藏族小镇,只是抬头望不到雪山,低头也看不见草原。

两个喇嘛拿着佛珠转着传经筒跟我们擦身而过,我想起了曾经去当和尚的叶穆,那时候他是不是想要逃开这红尘俗世?

佛说人生有八苦:生苦、老苦、病苦、死苦、爱别离苦、怨憎会苦、求不得苦、五阴炽盛苦。

娑婆世界,一切莫非是苦。叶穆的人生曲折离奇,也受过了百般苦,而他为什么还要回到这苦海之中来?因为对这尘世间还有欲念和挂碍,还是觉得生活本就无处可逃?

"你在想什么?嘴里又在嘀咕嘀咕的。"骆无穷戳了戳我的肩膀说。

"你有没有想过你想要什么样的生活？"我问他。

"想过，跟大部分人类都一样，理想生活都是不劳而获。"他说。

"对了，你不工作的吗？我觉得你每天好像很闲。"

"刚辞职不久，等过完年再想工作的事。"

"我也快失业了。"

"那你想过什么样的生活？或是有什么打算吗？"骆无穷问我。

"我想过与世隔绝的生活，不过不现实。打算的话，我不会再做回以前的行业了，之前我朋友找我一起做公众号，我想试试。"

"雅雅，我觉得你应该跟我一样休息一段时间，我们可以到处去玩一玩。"

"你看见我现在的情况了，我还要生活啊，哪有钱出去浪？"

"这倒是，你真惨！"他一副不正经的样子，让人又好笑又好气。

"别说风凉话，我要是没钱吃饭就天天到你家蹭吃蹭喝。"

"你要是愿意做饭给我吃，那我愿意以身相许。"

"骆无穷啊，算你运气好，你得庆幸我现在不想捕猎，要不然你这种送到嘴边的肥肉，哪里还敢跟我讲这种话？"

"亲爱的，为了我们的孩子，你把我吃掉吧。"他稚声稚气地说道。

"恶心！"

"黑猫警长你没有看过吗？"

"没有。"我摇摇头。

"这不是80后的记忆吗?"

"我的记忆是喂猪,谢谢!"

"你先把我喂饱吧,我今天还没吃饭,好饿!"

"那你有口福了,我带你去吃一家超好吃的羊肉串。"

我带他来到金鱼街的一个路边摊,路边摊老板是回族人,以前只卖羊肉串,后来多了羊肚和羊腰子。老板不卖酒,但可以在旁边的超市买来坐这儿喝。这是我在成都吃过最好吃的羊肉串,有朋友过来看我,我都会推荐给他们。

以前刚搬到这边住的时候,每天下班都会买几串,一路吃着回家。后来吃药后,我便很少过来吃了,我已经吃不了味道重的食物了。

我点了三十串羊肉串又去旁边超市买了四罐啤酒,递给骆无穷一罐,他拉开之后又递给我,自己开了一罐。

老板烤好了羊肉串用盘子装好给我们端过来,我很喜欢这样的成都,坐在路边摊喝着啤酒,好像生活也没有那么愁苦了。

"春天到了啊。"骆无穷突然冒了这句话出来。

"这么冷,哪里像春天了?"

"你听。"骆无穷笑着指了指对面。

几声激烈的女人叫床声从对面楼上的宾馆传来,旁边桌的俩男的很气愤地骂了一句:"小声一点嘛!"

骆无穷有点不好意思地低下了头,我说:"很激烈啊!"我拿起啤酒跟他碰了一个杯。

我酒量不太好,喝了一罐多啤酒就觉得晕乎乎的。骆无穷的脸有一种禁欲系的诱惑,我突然很想亲吻他。他并没有看出我有些迷离的眼神里在想这件事，他把我手中的啤酒拿开说你别喝了，你喝醉了。

这时候我觉得他像我乌糟糟生活中投下来的一束干净阳光，他看见了我随处都是垃圾的生活。我有一些羞愧，我很快控制住了想要靠近他的想法。

他把剩下的酒喝完说送我回家，他的影子被拉得很长，我试着让我们影子靠得更近一些。

"其实我不想那么快帮你做完账目，我总觉得你以后不会理我了。"骆无穷说。

他的话有些伤感，我不知道他为什么会那么想，但事实是他的直觉是对的。我只是笑着说："怎么会呢？"

我不能去靠近他，去亲吻他，我不能让他嘴唇上沾染了我腐烂孤独的气息。

走到小区门口，我跟他挥了挥手，头也没有回地走了。回到家中打开灯，坐在沙发上，看着冷清空荡的家。我想这才是属于我的生活，我可以独自熬过这个漫长的冬季。

我想着高伟的事，迟迟未决。我甚至想问问李喻的意见，但信息始终没有发出去。

我没有再去公司，把手机也调成了勿扰模式，当然我妈打电话来我也没有接到。她给我弹微信视频，我连忙整理了一下头发，换上一个微笑的表情。她责怪了我不接电话，我解释说我生病睡着了。她又开始念叨我不找男朋友的事，生病也没有一个男人照顾，说我要让她死不瞑目。

催完婚通常接下来就是问我最近赚了多少钱，然后跟我说家里又花了多少。其实他们很少要我的钱，但他们一直在给我制造物质上的焦虑感。即便我觉得我的收入还不错了，但我仍然达不到他们的要求。我的父母从来没有认同过我，也没有鼓励过我去追求自己的人生，甚至不关心我快不快乐，他们总是拿着金钱的尺子衡量我。

我不责怪他们，他们那个年代经历过贫穷和饥荒，对物质的焦虑是刻在他们基因里的，他们没有意识到他们对物质的焦虑也在影响我。

对于他们来说，婚姻和钱就是幸福生活的标准，这近乎是一种迷信。

这样的剧情其实隔三岔五就会上演一遍，尤其在我终身大事的问题上，我妈妈说着说着便带上哭腔，让我有些不耐烦，但我还是会嬉皮笑脸地哄她开心。

我曾经的叛逆让我母亲伤了心，后来懂事之后我不再在语言上顶撞她，我跟她撒娇、夸她、哄她，我想让她快乐一点。而她觉得只有婚姻才能拯救我孤苦的生活，这让我觉得她在毫无逻辑地跟我无理取闹。

但我从来不会让她觉得她可以掌控我的生活，在这一点上我永远不会向她妥协。

跟叶穆分手后，她也没有再在我面前提起过这个名字。直到第二年有一次我放假回家看她，我因为感冒身体不适就躺在沙发上闭着眼。她以为我睡着了，看着我疲惫孱弱的样子，我听见她叹了一口气轻声说了一句："如果不是叶穆，你的生活不会是这样子。"我不敢睁开眼，我怕会在她面前哭出来，我只能继续假寐。

我从来没有后悔过我人生的任何一个选择，因为任何一个选择都是我心甘情愿的。

在公司的决定上我有些犹豫了，除了来自父母的压力之外，我对未来的生活已经没有了目标和把握。我的身体和大脑都废掉了，离开公司意味着一切要从头再来，我不确定自己还有没有这样的能力。

我在家里睡了几天仍然没有想出该怎么办，我在四天后的一个早上醒来，打算下楼去买早饭。

冬天的早晨，街上显得有些萧条，巷子里人很稀少，路边的香樟树叶子也毫无生气。我看见路口一个女孩子穿着驼色的羊毛大衣，戴着黑白色的格子围巾骑着单车迎面而来。她从我身边骑车而过的时候空气里都有她身上鲜活的气息，仿佛这个世界又活了过来。

我转身回家，脱下宽松厚实的衣服，打开浴室的淋浴，一遍一遍清洗身体和头发，想把身上沉重的泥垢都清洗干净。洗完澡裹着浴巾进了卧室，我站在穿衣镜前面，打开浴巾看着自己无数次想要丢弃掉的躯壳，这副三十岁的躯体，乳房依然坚挺，皮肤还算紧致细腻，只是看起来有些单薄和病态。

我换上了一件羊毛打底裙，搭了一件修身的黑色长大衣，束上一个细细的腰带。打上粉底，遮盖住我暗沉的皮肤，描眉、涂睫毛膏再刷上腮红，选了一支梅子色的口红涂上。

我在手腕上喷了一点香水，顺便在空气中也喷了两下。我深呼吸了几口，我想我的生活不应该是这样软弱无力的。我应该像个战士去和生活战斗，我不想顺从于命运，也不想屈服于生活，这样才是真正的我。

高伟说我不食人间烟火，不知人间疾苦。我不是不食不知，我是用尽了所有力气去对抗这样的生活罢了。

我踩着高跟鞋还没走出小区就碰见了正准备来找我的骆无穷，我们四目相对，他似乎有些生气，而我惊讶他会来。我以为我不理他，他就会心知肚明。现在的男人都这样，表示一下好感，如果你冷淡他几天他便会识趣地走开。又或是他们同时在跟几个有发展意向的女孩子交往，保证自己不会落空。像之前那些联系我的男孩子，我住院出来之后都消失得无影无踪了。

"来找我啊？"我装作若无其事地先开了口。

"张衍雅，你真是一个过河拆桥的小人。我帮你做完账你就消失了，电话打不通，微信也不回。"他说。

"我就是这种人啊，长见识了吧！"我理直气壮地说道。

他上下打量了一下我说："你打扮这么漂亮要去哪儿啊？"

"去找野男人，你还要跟着我吗？"我说完就从他身边绕过往门外走。

骆无穷默默地跟在我身后，我一直往前走，因为我之前压根儿没有想好我要去哪儿，以及要去干什么。我好像穿戴好了一身盔甲拿着锋利的剑信心满满地往前冲向城门，冲出去之后发现我根本不知道自己应该奔赴哪片战场。我只能四处张望，像个傻子一样想：我应该去哪儿？去那儿干吗？刚才的那股要战胜一切的豪气已经变成了一个笑话。

"张衍雅。"骆无穷大声叫住我。

我停住脚步，转过身看着站在离我几米远的骆无穷，他神情凝重地站在那里。

"我喜欢你，我们谈恋爱吧。"他大声对我喊道。我慌张地看了看周围，看有没有眼熟的邻居，还好这个点街上人不多。

突如其来的表白，让我一时不知所措。

我想了想，向他走过去，站在他面前说："你不要看见我今天打扮得漂亮就对我见色起意！"

"我跟你说真的。"他说。他站在那里一动不动，连表情都纹丝不动。

我天生就是和稀泥的高手，我以为我这样说可以让他顺坡下驴，大家就当这件事是一个玩笑。

"我要去战斗，你不要当我成功路上的绊脚石。"我说。其实我想说的是我不喜欢你，话到嘴边我又心软了。

"你认真点，别扯淡。"他对我和稀泥的好意并不领情。

"我要去吃早饭了，你要不要一起？"我问他。他站在那里一动不动，只是看着我。

"这个问题我们边吃边聊。"我这样说了，他才点点头跟我走了。

我找了一家早餐店，要了粥和包子。骆无穷坐我对面什么也不说，依然只是看着我。老板给我们端上热气腾腾的粥和包子，我搓了搓手端起粥喝了一口。

"你有没有觉得我们俩在一起大部分时间都是在吃饭？"

"没注意。"

"你仔细想一想，我们每次见面是不是都是吃饭？我们俩生活原本就是南辕北辙，除了吃我们根本没有交集，也没有共同的爱好兴趣，我们不合适你知道吗？"

"张衍雅，你满嘴跑火车的时候真的一点都不犹豫。我之前约你吃饭是看你身体差，想让你多吃一点。再说了一日三餐到饭点吃饭不是很平常的事吗？怎么到你那里就成了我们俩只剩下吃饭了？我们还一起住院一起看电影一起工作你怎么不说啊？再说了，你什么兴趣爱好？我可以陪你看展、听音乐会、看日出、去旅游，你想干吗我都可以陪你。"

"你是认真的吗？"我看他好像不吃我那套，我也打算跟他说清楚。

"你觉得我大清早的不睡觉过来找你是为了什么？这事我在家想了几天，我是真的喜欢你，想跟你在一起。"他说。

"你喜欢我什么？"

"你好改是吗？我就是喜欢你，没有原因也没有条件，如果我能说出原因，那我就是喜欢这些原因，那别人拥有这些条件我也会喜欢，但我只喜欢你。"

"满分答案。那我这么跟你说吧，你看见的我还不是我的全部，我更糟糕的一面你还没看见。"

"花心？有过很多前男友？感情浪荡？"他用了嘲笑的语气说道。

"你怎么知道？"

"我猜的，但这又有什么问题呢？"

"好吧，这你也觉得无所谓。那我这么跟你说吧，我的生活里已经没有谈恋爱这项计划了。我要重新站起来好好生活，我还有很多事要去做，我还有理想要去实现，但这个理想不是你。"我说。

"可是你说这么多你还是没有说到重点，张衍雅，你可以很直接地告诉我，你不喜欢我，并且永远都不会喜欢我。你为什么说不出口？怕伤害我吗？还是心虚？还是因为你不敢承认你是喜欢我的?"

"是,我喜欢你!但我不会和你谈恋爱。"我说。

"你这又是什么意思?不想对我负责吗?想始乱终弃吗?"他说。

"你一天脑子能不能正常一点?我还没对你乱呢。"

"那你告诉我为什么不会跟我谈恋爱!"

"这个问题我们今天就讨论到这里,我很累了。"

"好,我可以吃饭了。"他说完就埋头吃早餐了,好像之前什么都没有发生。

骆无穷没有坚持要一个答案,有时候我不知道他在想什么。他很特别,好像跟我以前遇见的人都不同,出现在我面前的他也不像同一个他。

我今天在自己的战场里打了第一仗,我做了一个坦诚的人。我不想再背负着沉重的面具和谎言前行,我想更自由一点再随性一点。

我让骆无穷回了家,我自己去了公司。高伟很憔悴,几天时间脸消瘦了下去。他看见我有些紧张,还是对我苦笑了一下。

"公司我不会再做下去了,我的身体已经不适合这份工作了。你放心,不管怎么样我们曾经是朋友,我不会做到那个份上,但我应得的那部分我要拿走。公司你还打算继续做下去吗?"我坐在他办公桌对面对他说。

"我想了想,你走了之后公司也很难支撑。"

"如果你不想做了,公司的钱补贴一下他们的遣散费,再把他们推荐到其他公司,其他公司肯定非常乐意接收他们的。"

"如果不做公司我也不知道我自己能干吗，有公司对于我来讲还有一丝希望。"

"如果你要继续做，我之前做的计划你继续执行下去，公司是可以度过这道坎的，我现在脑子不行了，我只能做到这一步。"我说。

"你的股份和钱怎么办？"他问我。

"股份合同继续保留，但我要五十万。我知道你现在的情况，钱你肯定没有，这部分钱从公司的盈利里支付。公司的卡留在我这里，每个月你仍然需要给我一份账目表，公司的正常开支需要通过我支出。直到支付清我的五十万，我们的股份合同就终止。我之前投入公司的钱我也不要了。"我说。

"谢谢你！不知道该怎么说，对不起！"高伟说。高伟听见我这么说有些意外。

"那你拟一份协议吧，没有问题我们今天就把协议签了，明天开始我就不来公司了。"

"好。"

高伟拟好了协议，我看了一下也没什么问题就签了字。

"你之后打算做什么？"高伟问我。

"我想把病养好再做打算。"

大家沉默无言，我也没有去收拾我办公桌上的东西。只是跟他们说中午我点外卖，大家不用点了，我最近身体不好要休养一阵，公司就拜托他们了。

我在公司跟他们吃了我们的最后一顿饭，没有道别，也没有不舍。

我走到公司楼下，微弱的阳光透过云层，街上人来车往，我心里空落落的。我看着手上的协议，不知道自己算不算是又一无所有了，这份协议很有可能就是一张废纸。

    我问赵心怡她们几个有没有时间一起喝下午茶，她们都说有空，就约在了离她们比较近的水街。

    其实每次我们几个女人的这种下午茶聚会都是一场丧气大会，互相比谁的生活更惨一些。

    赵心怡感慨已经买不起成都的房了，她妈妈来成都，看她一个人租了一室一厅的小房子当场哭了起来，说你怎么住这么烂的房子？这是鬼都不愿意过的生活。

    赵心怡当时特别无语，她说觉得生活还可以啊，不就是没有买房嘛，怎么就成了鬼都不过的生活了？而且住的房子她挺喜欢啊，一千五一个月，没有物管费没有停车费，房子虽然小但也干净整洁啊。她问我们："你们说很差吗？"

    我们都表示很划算挺好的啊，觉得她妈妈才是不食人间烟火，不知道生活有多难。

    谢薇薇说她的房子半年时间涨了两百万，但是有什么用，又不能卖。没事非要创业，创业这些钱早两年可以多买两套房子了，现在净赚四百万。南边物价又高，半年没有买过新衣服了。

    谢薇薇跟她老公的感情好转，没有听见她再抱怨她老公。她也顺着赵心怡的话开始吐槽自己的妈妈。她妈妈看见他们卧室里的避孕药非常生气，说："怪不得结婚两年了都没有孩子，你们是不打算生吗？"

    她妈妈每次给她打电话就是催他们早点生孩子。催了结婚，催生孩子，生了一个很快又要催你生二胎，大多数父母都是如此。谢薇薇说:"生孩子?她不知道生孩子的压力有多大,月嫂一万多一个月。公立幼儿园是读不上的,旁边私立幼儿园十万一年,想想都可怕。"

苏小茹好像慢慢从失恋里走出来了,心情看着好了很多。她苦笑着说:"你们跟我哭穷?我欠了十几万的卡账,每个月用这张卡还那张卡,我都不敢跟我妈说。"我们都很好奇她的钱都花哪儿去了,她有串串店,平时也不买什么奢侈品,算是我们几个里最朴素的了。

她说:"我也不知道怎么就欠了这么多。"

苏小茹家里有钱,但也有一本难念的经。父母感情不睦多年,她爸爸在外面包养了小三,给小三买车买房的。而她还开着她爸爸淘汰下来的旧车,坐她的车感觉随时要熄火。

她爸爸有些重男轻女,如果小三生下儿子,那以后的家产基本上就没有她什么事了。

其实她们不管过成什么样,还有回家作为退路。而我无法依靠家里,家庭能给我的支持很少,我没有退路,前面的路只能靠自己一步步走。我常常觉得自己一个人飘荡着,无依无靠。

我说:"我失业了。"她们问我怎么回事,我把公司的事跟他们说了一遍,她们很气愤,说太便宜高伟了。

我说:"我想尽快重新开始新的生活,只能快刀斩乱麻。"

最后大家统一的想法是,其实我们几个生活也不算差,怎么就被逼得整天手忙脚乱的,怎么就觉得那么惨呢?大家决定要重新振作,互相鼓励。

谢薇薇说了一个八卦让我们精神为之一振,她说她一个朋友在第三嫁的时候嫁入了日本上流社会。

都说离异的女人不好嫁，她一次比一次嫁得好。我们都很好奇这个励志的故事。

她朋友当初进了一家地产集团，不到三个月搞定了老板，但她脾气差，摆酒席前一周去把婚离了，离婚分了一笔钱。

很快，她认识了一个比她小的富二代，这个富二代家里比之前的老公有钱，但是大权都在她公公婆婆手里。不过俩人结婚不久，公婆双双得了绝症。公婆觉得她心机太重，他们死了之后所有的家产都会落入儿媳手里，于是逼着他们离了婚，又给了她一笔钱。

离婚之后她去日本散心，在机场候机的时候在VIP休息室看见一个非常有气质的老头。她就跟他聊天，老头是日裔华侨，家世超过前两任老公。

老头就说他有一个儿子，但他不喜欢他儿子现在的女朋友，想让他儿子重新找一个。她就说，她认识不少好的女孩可以介绍给他，老头说我觉得你就不错。然后老头留了她的联系方式，到日本的时候就安排了她跟他儿子见面，俩人一见钟情，她第三嫁就这样嫁入了豪门。

谢薇薇说："你们知道自己的问题在哪儿吗？"我们总结出来，我们的问题是：太穷，坐不起头等舱。

这种励志故事离我们太远了，我们的生活还在柴米油盐里打转，然后越说越丧气。

谢薇薇说，过几天就是元旦节了，她在家办个家宴，大家都冲冲今年的霉运。大家都很期待这一年可以早一点过去，好像新的一年就可以转运了。

她们特别要求我和苏小茹要带一个男伴参加，大家热闹一下。

我去买了单,就点了一壶茶、两盘小吃居然要五百多块钱。大家愤愤不平地说,南边的物价简直是在抢钱,下次就在家里喝好了。

跟她们吃完饭之后我去找了骆无穷,我在小区外面等他,我看见他远远走过来,用力对他挥了挥手。

他看见我很开心的样子,问我怎么这么开心,我们一边散步一边聊天,我把公司的事跟他说了一遍,他只是说你开心比什么都好。

"你元旦有没有时间?"我问他。

"你找我的话,什么时候我都有时间。"骆无穷说。

"那你能陪我去吃个饭吗?"

"算是我们正式的约会吗?"

"我闺密们要求我带个男伴参加家宴。"

"好啊。"他满口答应。

"你早上问我为什么我喜欢你,却不跟你在一起。其实我是一个很容易喜欢别人的人,别人给我一点甜我就特别感动,但是每次恋爱都是潦草地结束。我没有信心了,好像我的爱都被耗完了。你看到了,我现在差不多是一无所有了,我不知道我可以回报给你什么,我怕我不能对你负责。"我说。

"你有没有觉得我们俩的剧本拿反了?你才像一个男人。你考虑的这些问题是我这个男人应该考虑的,你只需要好好享受就可以了,其他事交给我。"他说。

"可是我更想我变得好一点,站在你身边的时候是平等的位置。"

"你已经很优秀了,如果非要说不平等的话,也是我配不上你。我现在也没有工作,我一个孤儿,家境败落,无依无靠。你要跟我比惨吗?"骆无穷说道。

我知道凭他的条件,可以找一个门当户对、知书达理的好姑娘。

"我是一个病人,一堆毛病。"

"非要听我夸你的优点,那我就随便说说吧。可能你听别人夸你聪明有趣都听腻了,你很善良,而且你比你看见的自己要勇敢得多。"

"哈哈哈,你是这么看我的吗?"听见他夸我,我有一些开心。

"是啊,而我就只有一个优点了,我的眼光好。"他摊摊手说道。

"谢谢你,你能不能等我一段时间再给你答案?"我低头不敢看他。

"为什么不能?但我还是想知道为什么要等一段时间?"

"我想重新站起来,我想你看见一个健康的我,一个有生机的我。"我说。

"我没觉得你现在有什么问题,你不用一定要成为什么样,如果一定要说期望的话,我希望你能开心一些。"

"我想把我的药断了,副作用太大了,我的大脑被损伤很严重。"

"嗯,别着急,不要勉强自己。"骆无穷接着又说,"你不会觉得我是为了跟你上床才说喜欢你了吧?"

"那再跟你说一件事,如果不是因为我吃了药你早就难逃我的魔掌了。"

"怪不得我这么秀色可餐你对我都无动于衷,那你得早点把药断了。"骆无穷笑着说。

"还说不是想睡我?"

"我顺便想想也不行吗?"

"想也不可以,想也有罪!你不要以为我不知道你心里在想什么,你想我住在这个店里头,那你就有机会啦?没有!一点机会都没有!"

我模仿着《东成西就》里王祖贤骂店小二的样子。

"我呸!我想亲近你?你当你是王祖贤呀?"

我们嘻嘻哈哈旁若无人,这是我很久没有感受过的快乐,我的每一口呼吸都变得那么真实,我觉得我的一切都会好起来了。

后来骆无穷告诉我,在遇到我之前他已经很久没有感受到过这种空气里都是柠檬的味道了。

几天之后我带着骆无穷参加了谢薇薇和她老公办的跨年家宴,苏千万也带了一个男孩子过来,除了赵美丽和刘聪,另外还有几个朋友。

他们看到骆无穷显得很兴奋,骆无穷低下头在我耳边说了一句:"我怎么觉得他们看我都是一种饱含着怜惜残花败柳的眼神?"

无论我带谁过去,他们都会先入为主认为这个男人肯定已经被我糟蹋过或是我正准备糟蹋的。过段时间这个男人就会被我无情地抛弃,可能是一个月后,也可能是一周后。

在我那些香艳的故事里,他们怎么就把我曲解成了一个薄情寡义、始乱终弃的女人了呢？

"哈哈哈，那你觉得有羞辱感吗？"

"有一点，但我又觉得有点爽，我是不是变态？"

"是的。"我点点头说道。

谢薇薇做了十几道菜，她的厨艺从来没有让我们失望过。我看着她在厨房忙碌的样子，总觉得她很像我妈，不是指身材，而是她身上的那种贤惠、坚韧和对他人奉献的爱。

我比往常吃得多了一些，谢薇薇看着我胃口好了很多，她说今天最开心的事就是看我多吃了一些。看着她对我露出慈祥和关爱的微笑，我觉得她更像我妈了。赵心怡看见我胃口好了很多，眼神里透露着的都是欣喜和宽慰。

我又是一个极其幸运的人，被那么多朋友爱着，生活对我已是宽待。

骆无穷在他们面前也没有拘谨，跟大家说说笑笑，看得出来他们也挺喜欢他。

一群人吃喝说笑，等到十二点，赵心怡从冰箱里把蛋糕拿出来，插上三根数字"8"的蜡烛，寓意明年我们都可以发财。

在大家许愿之前，赵心怡提议大家许点现实的愿望，别像去年那样，什么月入三十万、公司上市这种不切实际的愿望就不要许了。大家纷纷表示赞同，不能好高骛远。

有人说希望今年可以结婚，有人说希望明天能吃上一顿火锅，还有人说可以还清信用卡……大家对彼此的愿望都进行了祝福。

他们问我许了什么愿，我说希望明年大家都健健康康的。我问骆无穷许了什么愿，他说希望明年大家看见他的时候不要再用看残花败柳的眼神。大家开始哄笑着说，希望他明年身体还没有被我掏空。

这种仪式从认识他们开始每年都会有，我们乐此不疲地许愿，然后等来年复一年的失望。但生活是需要仪式感的，这更像是希望自己在面对生活的时候可以多一点无畏的勇气，对未来抱有生机和希望。

热闹散去，骆无穷送我回家。他说他很久没有这么热闹过了，这两年过年都是他独自一人过的，去年遇见我是他一年里最开心的事。

我有些心疼，转身用力拥抱他，我把头埋在他胸口，我听见他的心跳里隐忍着悲伤。

他伸手抱着我，我松开手的时候，他在我额头落下一个浅浅的吻。

我拿出手机看了一下时间，2018年1月1日凌晨2∶13。我想记住这个时间，这是走向我另一种生活的开始。

我可能得抑郁症了!

第八章

瘾

每个人似乎都有"瘾",有人痴迷游戏,有人痴迷美食,有人痴迷性,有人痴迷宗教……我是一个兴趣不多,对大部分爱好或是娱乐都不痴迷的人。

我唯独对两样东西有瘾:香烟和精神类药物。

因为我服用药物的时间太长,我对很多药物已经有了比较严重的成瘾性和依赖性。

对于我来说,在新的一年,我需要解决两个问题:断药和新的工作。我面对的第一关是减少药量并度过药物的戒断反应期。

药物对我来说副作用太大了,呕吐、嗜睡、乏力和对我大脑及记忆力的严重损伤让我无法思考问题。

我曾经试图摆脱对药物的依赖,我痛恨药物带给我的痛苦,愤怒于自己的无能。但在第三天的时候失败了,我对反复出现的自杀意图感到害怕,内心的绝望和痛苦如同成倍繁殖的病毒,将我啃噬得只剩下一堆虚张声势的白骨。

晚上睡觉前,我急功近利地减去二分之一的药量,按照正常的药物减量我最多只能减去四分之一的药量。

一半药量减下去,我发现自己无法入睡了,我变得烦躁,在床上辗转反侧。我无法入睡,医生曾跟我说,如果睡不着就不要躺着,起来走动,直至疲惫。睡觉前半个小时不要看书看电视玩手机,让大脑不要思考。

我好几次把手伸向药物,想让自己镇定下来,但最终还是忍住了。我告诉自己,这是第一步,我不能失败。

我从床上起来,在家里走来走去,但还是无法平复焦躁的情绪,我太紧张了。我从书柜拿了博尔赫斯的诗集,我一边朗诵着伟大的诗歌,一边在屋里来回走动着,直到凌晨四点我才出现睡意。

我醒过来的时候看见床头柜上的闹钟,早上六点半,我只睡了两个半小时。

睡眠障碍是出现的第一种反应,我清楚地知道接下来我将面临什么。焦虑会放大我每一根神经的感受,一根针掉在地上对我来说都像是一声惊雷。

清晨环卫工人在清扫街道,我听见扫帚摩擦地面的声音,听见车辆经过发出的轻微震动,听见清晨的风卷起落叶的声响。我蜷缩在床上裹紧被子,轻软的羽绒被紧贴着我的身体。

我想当一只鸟,飞向繁花似锦的春天。

天还没有亮,我起床裹了一件厚厚的棉衣,往天台走去。我住顶楼,月色明亮的夜晚我会去天台看月亮,我一个人坐在楼顶,皎洁如水的月光洒在我身上,给我内心宁静的力量。天台总有一只猫也会出现在那样的夜晚,它步履轻盈地走在天台的栏杆上,眼神凌厉,对我不屑一顾。一人一猫,互不打扰,然后各自离去。

我从未在天台上看过这座城市的日出,此时,我坐在天台栏杆上,这座城市的人们大多还在温暖的被窝里沉睡。我看着四周矗立的高楼,看着高楼外逐渐灰白的天际。在天气晴朗的雨后,在天府之城可以看见包围着这片盆地的雪山,它们在几百公里外高傲得像一幅名贵的画。

干冷的风让我打了一个哆嗦,我的大脑也清醒了很多。天色渐白,只是没有日出,也没有云彩。周围的声音开始变得嘈杂,车辆和人都逐渐多了起来,这对于他们来说是新的一天。他们知道自己要去哪儿,知道自己要做什么,不像我一个人坐在这里无所事事。

我失望地回了家,这种失望对于我来说好像又是理所当然的。家里的安静沉闷让我感觉气压很低,药量的减少倒是让我的胃舒服了一些,没有那么强烈的恶心感。

我知道人体对于成瘾的记忆只有1—2周,当坚持过第一周,就胜利在望。只要后面没有太大的情绪起伏,我就可以戒掉药物。当然这个关于"人体成瘾记忆"的时间并没有科学依据支持,这是我通过戒烟的身体和心理周期总结的,我曾经也是一个烟鬼。

我坐在沙发上发呆,我不想待在家里,我给骆无穷发信息问他有没有时间陪我出门逛逛。他一口应允,说到了给我电话。

过了一个小时他打电话说他到了,在小区门口。出门前我喷了点香水,我总是觉得自己的身体有一股药味,像老年人身上散发出腐朽衰老的味道。我问过很多人,他们都说闻不到我身上的药味,我自己却觉得这个味道挥之不去,所以喜欢用香水盖一下。

我坐上车问骆无穷有没有闻到我身上有药味,他凑在我身边嗅了嗅说:"没有啊,就是香水味儿。"我说:"哦,那就好。"

骆无穷问我有没有想好去哪儿。我说,随便逛逛吧。我在成都生活了五年,却好像对这座城市除了酒吧和市中心的商场之外的地方一无所知。

骆无穷说他很多年没有在成都待了,也很陌生。他提议我们上午去省博物馆逛逛,然后下午去大熊猫繁育研究基地看熊猫。我表示赞同。

省博物馆在浣花溪公园,我喜欢"浣花溪"这个名字。我们拿身份证换了门票进去。

博物馆的展品我了解不多,也就是瞎逛看稀奇,我比较俗,心里都是想这些东西肯定特别值钱,看得出来骆无穷跟我也差不多。

省博物馆里,我相对能说出一二的是佛教的作画风格,我跟骆无穷说佛教作画风格的变迁以及印度对中国佛作画的影响,比如"曹衣出水,吴带当风"。曹仲达的佛画衣服紧窄是受印度影响,佛像的服装犹如穿着薄纱刚从水里出来,所以有"曹衣出水"的说法。而吴道子的则是衣带犹如迎风飘逸,所以是"吴带当风"。

骆无穷看着我说:"你对这些还有研究?"

我笑着说:"曾经跟一个画家逛过这里,我也听得一知半解的。"

"后来呢?"

"什么后来?"

"你跟那画家。"

"没有后来了啊。"

"没有发生点什么故事?"

"逛博物馆又不是逛蒂芙尼,就是无聊一起逛逛,我顺便补充一下我的知识库。"

"你喜欢什么样的人?"骆无穷问我。

"猜猜看。"

"喜欢有才华的?"

"不是啊,我当然喜欢有钱的。"

"你什么星座啊?"

"水瓶。"

"哦,那我想你会喜欢特别一点的人,可是我觉得自己很普通。"他自顾自地研究我的星座。

博物馆还没有逛完,我开始出现生理不适,看着周围的人群觉得非常烦躁、口渴、心里发慌、手开始微微颤抖、额头冒着冷汗。我虚弱地拉了拉骆无穷的衣角,我说我不舒服,想出去了。

骆无穷扶着我走出博物馆,我坐在外面的台阶上,他叫我等一下,他去车上拿水。

人群的压力让我想吐,我站起来趴在旁边的花坛开始干呕。骆无穷慌忙把水给我,我深呼吸了两口,喝了水,吃了两颗青梅,把想吐的感觉压了下去,现在只剩下虚弱。外面没有了人群的压力,空气流通让我好了很多。我坐在台阶上,缓了半个小时。我看骆无穷的表情有些忧虑,冲他笑着说我没事了。

骆无穷说下午就不去熊猫基地了,让我回家睡觉,明天再去熊猫基地。我也确实没有力气再去熊猫基地了,我们在附近吃了龙抄手就回了家。

我有些烦躁,不想看电影,也不想玩游戏,只是在屋子里转。骆无穷让我睡一会儿,我说怕他无聊,他说他可以看看书。

我躺在床上,他帮我盖好被子,然后搬了椅子,在我书柜拿了一本《幸存者》坐床边陪我。在我不舒服的时候他总是格外安静,没有过多的忧虑也没有显得不耐烦,他好像把我这种糟糕的状态当作生活中很平常的事,让我没有被特殊对待的压力。

因为我身体不好和脾气有些古怪,家人和朋友单独面对我总是小心翼翼的,像对待一个坐了二十年牢刚释放出来的囚犯,生怕一不小心就刺激到我敏感的神经。我对他们除了感激之外更多的是难过，我想他们在我面前也很辛苦吧。

以前认识的男人都很热烈，他们的喜欢很热烈，他们的身体很热烈。那时候我喜欢他们的热烈，觉得让我也可以像他们一样丰富和热情。可是最后发现彼此格格不入，我内心始终是一片寸草不生的极寒之地，除了在床上的时候，他们感受不到我任何的热情，他们也燃烧不了我，只是觉得我难以靠近，我与他们之间总隔着一层厚重冰凉的玻璃。

骆无穷跟他们有些不同，他不是一个情感热烈的人，我甚至都感受不到他情欲的气息。他更像一棵长在我身边的植物，或是吹过我生活的一阵温柔安静的风，更像飘在我头顶又白又软的云又幻化成了飘荡在我身边的洁白羽毛。

可是因为这样，我觉得他不像一个真实的存在，他像我在梦里给予自己苦难的一种补偿。

他在博物馆里问我喜欢什么样的人，其实我想告诉他，我喜欢温柔的人。他说他很普通，可是他跟我以往遇见的男人都不同，让我想要靠近他。

"你帮我把书桌上的Kindle拿过来。"我坐起身来，在后背多垫了一个枕头。

骆无穷去拿了Kindle递给我，我说："我念诗给你听。"

我选了一篇阿方斯娜·斯托尔妮的《我将敢于亲吻你》，用重庆话读给他听：

你，双手强硬，有铁的甜蜜，
眼睛阴霾像起风暴的海，

所有运气和幸福都端坐你手；
幸运追随你，幸运是你的狗。
看看我在这里你的身边：被甜蜜地遗弃。
我是一朵百合坠落在一座山的脚下。
看看我在这里你的身边……这道光浸浴我，
从你眼中投来，像初生的太阳。
我多妒忌你的指甲嵌进你的手指
你的手指嵌进手掌，
而你整个人嵌进你灵魂的模具！
我多妒忌你的指甲嵌进你的手指！
我在你的脚掌呼唤你，为你的脚掌癫狂……
哦，你的眼睛令我惊异……它们看向天空
就让天空迸出星星。我跪在地上
用轻微的呼气卑微地呼唤你。
捡起我的乞求：听见我驯服的声音，
回头看看我在的地方，我跪着没有气息。
敏感你的痛苦，被你的笑声奴役，
紧随你的渴望，做你思想的影子。
捡起这个欲望：给我你的死亡，
你最后的遗弃，你最后的目光，
给我你的懦弱；为了完全拥有你，
也给我一切终结的那同一个瞬间。
我将看进你的眼睛，当阴影开始，
缓慢围绕你……当大厅里能听见
一个神秘的声响不是脚步或翅膀，

> 一个神秘的声响在地毯上蔓延。
> 我将看进你的眼睛,当死亡订上
> 你被深爱的、我从未亲吻过的嘴,
> 我将敢于亲吻你,当夜晚聚形于
> 你被截断的生命。

"哈哈哈哈……重庆话太好玩了。"骆无穷笑得前仆后仰。

"你用成都话给我读读书。"

"我才没那么傻呢!"

他从我手上拿过Kindle说:"其实我已经不太会说成都话了。你不用觉得我坐在你旁边无聊,所以想逗我开心,其实在你旁边我一点都不无聊。你在我面前可以做任何事,也可以什么都不用做。"

我愣了一下,心里有点酸楚,我好像突然之间被一个人理解了。

跟叶穆分手后我的性格大变,让我变得出众。我更像一个滑稽的演员,他们喜欢看我的表演。我炫耀着我的智商和情商,我把一切平淡无奇的事用语言用文字彰显我的天赋。

那时候我身边围着很多喜欢我的人,有像李喻那样把我当朋友的人,也有像小富那样仰慕我才华的人,当然也有潇潇那样利用我资源的人。他们很多时候都对我都挺好的,包括潇潇,即使她不再是我的朋友,我想某些时候她对我还是有真心的。

我也感念身边朋友对我的偏爱,但唯独没有人理解过我。他们不会理解我作为一个内向的人,在取悦另一个人的时候承受着多大的心理压力。可是如果我不取悦别人,便没有人看到我,更没有人在意我，他们对我的好是我用这种压力换来的。

我拿掉一个枕头，平躺下去。我像收回了利爪的野兽，在阳光下舔舐着自己的皮毛，变得温顺平和。

"你把我的药扔了吧。"我侧过身跟骆无穷说。

"为什么要扔了？"

"我想快一点把药断掉。"

"不行，我查了一下不能直接断药的。"

"我不知道按照这个进程下去我什么时候才能断掉药。"

"一辈子那么长，慢慢来呗。"

我闭上眼，心里想着从住院到现在我和骆无穷之间发生的事。但我好像遗忘了一些什么，有一些记忆在我大脑里只有很短的片段，大部分事情都变得模糊。我无论怎么努力都无法形成清晰的记忆，焦躁一点一点地占据我的神经。

"骆无穷，你能不能跟我说说我们从认识到现在发生的事，我记忆好模糊啊，我记不起来了。"我哽咽着说道，眼泪开始止不住地流，戒断反应让我无法控制自己的情绪和身体。

骆无穷看见我哭了吓了一跳，拿纸巾一边给我擦眼泪一边说："别急别急，我跟你说说我的这个版本。"

骆无穷正襟危坐干咳了两声说："你从急诊转过来的时候还在昏迷中，我因为食物中毒正在输液。赵心怡守在你旁边，当时你脸色苍白，毫无血色。我肚子难受也睡不着，就这样看着你，那时候我还挺担心你的。

"你昏迷的时候哭过，你自己可能不知道，赵心怡睡着了。我看着你的眼泪就这么顺着眼角流出来，我心里莫名难过，我悄悄起床帮你把眼泪擦掉。

"后来你醒了我也就放心了,赵心怡有事离开就托我照顾你,你睡在我病床上的时候我觉得特别可乐,觉得你懵懵懂懂的样子好可爱就逗了你一下,没想到吓到你了。

"徐嘉敏来看我的时候我特别不乐意,我怕你误会她跟我的关系。其实她是我奶奶介绍给我的相亲对象,奶奶年纪大了,我也不想跟她针锋相对。

"我不喜欢我奶奶,因为她跟我妈妈的关系不好,我妈妈得抑郁症很大一部分原因是她。我妈妈跳楼自杀后很多年我都不去看她,直到我爸爸去世。她已没有当年那种盛气凌人的模样,她衰老得让我几乎认不出她,也不再那么恨她,她现在只是一个失去了丈夫和儿子的可怜女人。

"其实去年我谈过一次恋爱,因为我之前工作太忙很少陪她,她觉得很委屈就跟我分手了。那时候我觉得自己一个人生活其实也挺好的,不用对人有所亏欠。只是好像跟所有人都没有关联,那时候我羡慕你有赵心怡这样紧张你的朋友。

"那时候我很想照顾你,看见你冲我发脾气我又觉得很开心。可能我比较贱吧,所以我对你死缠烂打,我很少这么厚脸皮追女孩子的。那时候你是我在这个世界上唯一想要与之相关的人,我自不量力地想要照顾你,想让你快乐。

"你对我爱搭不理还凶巴巴的,直到你约我吃饭……

"你睡着啦?那我下次再接着跟你说。"骆无穷看见我闭着眼也没有什么反应以为我睡着了。我有了一些睡意,也不知道该怎么接他的话,我在他面前是个渺小的无用之人。

我睡醒时,骆无穷还守在我身边,骆无穷对我的照顾像是在照顾一个病重的人。我曾经也这样守在叶穆的身边,那时候他眼睛出现了短暂的失明。我们没有钱去医院，他说是以前打拳的时候伤着了，偶尔会出现这种视力问题，看不清楚东西，但过段时间就好了。

那时候我担心过他无法复明，我心里暗暗想如果他无法复明那我就照顾他一辈子，我出去工作、照顾他、陪伴他，我不会让他孤身一人无依无靠的。我每天牵着他的手出去散步，他走在我旁边小心地迈着步子，那时候我觉得自己是被他依赖和需要的人。

现在换作自己被照顾，我有点惶恐，想把这种好意推出门外。我是一个习惯了孤独和自虐的人，当一个人认真待我好的时候，我认为自己是不配的。我不知道怎么去回报骆无穷对我的好，他好像什么都不需要，不需要我的钱也不需要我的身体，而我枯竭苍白的爱已经无法作为回应。

我叫骆无穷回去，我想一个人待着。他执拗地说要陪着我，怕我一个人有事无人照料，而我迫切地想把他赶走，我对他的态度似乎又回到了原点，我不想再接纳他了。

骆无穷对我突然改变的态度觉得莫名其妙和委屈，我让他滚的时候，他站在那里进退两难。我打开门指着门外让他滚，他拿着他的车钥匙愤怒离去。

我靠着沙发蹲下来痛哭，我多羡慕那些完整的人啊，他们拥有爱与被爱的能力。

我心里对叶穆的恨意再一次席卷而来，我把沙发上的书和靠垫全部扔在地上，我无法忘记他对我的伤害。这么多年，我对他的恨也成了一种瘾。好像我所有的不快乐都是因他而起，是他断绝了我所有幸福的可能，我今天的一切都是他一手造成的，让我就这样自卑着自怜自艾。

我的焦虑和抑郁瞬间击溃了我所有的意志力，我像一个瘾君子一样把那些白色的小药丸放进嘴里。

我慢慢变得平静，我蜷缩在那里，等待我心里刚才的那场海啸把我的信心摧毁得一点不剩。

睡醒之后我自责、懊悔不已，我想给骆无穷发微信道歉。转念我又试图说服自己：算了吧，就这样也好，不要去打扰他了，这是为了他好。三个小时过去了，我脑子里全是骆无穷。

大门传来了敲门声，我很开心地去开门，我想是骆无穷来看我了。打开门的时候，门口站着的男人不是骆无穷，而是那个因为我焦虑症发作被我吓跑的前男友。

"衍雅。"他先开口叫我。

"有什么事吗？"我一脸的冷冰冰。

"我能进去说吗？"他小声问我。

"有事就说事，别浪费我时间。"我觉得多跟他说一个字都是废话。

"之前的事对不起。"他低着头说道。

"还有其他事吗？没有的话你可以走了。"

"我们可以重新开始吗？"他抬起头看着我问道。

"重新开始？你当是拍《春光乍泄》吗？你告诉我，我们要怎么重新开始？我生病的时候你丢下我，销声匿迹。现在过了这么久了，你跟我说重新开始？你脑子没毛病吧？"我无法控制自己的愤怒，他的出现让我想起了半年前那一刻的恩断义绝。

一个邻居开门扔垃圾，用奇怪的眼神看着我们。

"你如果是来找我和好的，你可以走了。"我说道。

他脸上流露出尴尬和难过的表情。

"我知道当初不负责任走了是我不对，但我也是一个普通人，我没有经历过这种事，你发病太吓人了，我只能逃避。我是我家里的独生子，我爸妈不会同意我跟你在一起，这对我来讲压力太大了。"他说。

"跟你在一起之前我没有隐瞒过我有病的事，你那时候怎么说的？你说你不介意。当然这些都不重要了，我们早就默认分手了，你家人接不接受，现在跟我一点关系都没有。"

"可是过了这么久，我还是无法忘记你，我想跟你在一起，从来没有谁可以像你一样让我觉得那么开心。"

"别恶心我行吗？你搞清楚一点：我早就不喜欢你了，以后都不可能喜欢你。你可以走了。"他让我觉得恶心。

"好吧，你还有一些衣服在我家里，你有空过来拿。"他说。

"扔了。"

"衍雅，我们真的不能和好了吗？"他可怜地哀求道，这让我感到更加恶心。

"滚！"

我把门重重关上，其实我早就不恨他了，我清楚要一个人接受我这样一个病人是很难的，我不能强迫别人接受自己的不正常。

我仍然觉得很委屈，我也曾真心待他，想给他快乐，想我们可以像其他恋人一样，虽偶有矛盾但总有爱可以互相羁绊。

我更加想念骆无穷，我的喜怒无常伤害了他。我给他发了微信，但他没有回我。我这样看着电话，期待他回我信息。

好像时间变得特别慢，我忍无可忍，我想我应该去找他，亲口对他说"对不起"。

我开车去了他家,我站在门口犹豫了一下敲了敲门。我以前是一个不会认为自己有错的人,对任何事我都有一套自圆其说的说辞。如果有人试图跟我讲道理,那我会让他知道我就是道理。可是现在我不这样想了,我得承认自己有时候就是错了。

骆无穷打开门看见我有点惊讶,他像刚从床上起来,穿着睡衣,头发也乱糟糟的。

我看着他说:"对不起。"我扭捏着双手接着说,"我有时候控制不住自己的脾气,你不要生气了。"

"你先进来,外面风好大。"骆无穷说。

他侧身把我让进门,然后把门关上。

"你原谅我了吗?"我抬头看着他,他坐到沙发上,我过去站他面前。

"我没有生气啊!"骆无穷揉着惺忪的眼睛说。

"那你为什么不回我微信?"我问他。

"昨天晚上,你把我都气感冒了,吃了药一直在睡觉。现在还在发烧呢,来,你摸摸。"他拉着我的手放在他额头上。

"真发烧了。"我摸着他发烫的额头说。

"你说好普通话,是发烧,不是发骚。"

"吃药了吗?"

"今天还没吃,你敲门才把我吵醒。"

我环视了一圈他的客厅,看见他添置了一张实木餐桌和两把椅子:"咦,你买餐桌了啊?"

"嗯,之前想着你万一要过来吃饭,坐餐桌会舒服一点。不过昨晚上回家我差点气得把它们扔了。"

我看他还对昨晚上的事有些介怀,我坐他旁边,拽了拽他的袖口说："别生气了嘛，我们今天就坐餐桌上吃饭。"

"你要给我做饭吃吗？"他又孩子气地问道。

"没有啊，我的意思是我们点外卖坐在餐桌上吃。"

"把餐桌扔了！"

"哈哈哈，你想吃什么？我去买菜做给你吃。"

"你等我洗漱换衣服，我跟你一起去。"骆无穷说。

他坚持跟我一起去菜市场，说要出门透透气，呼吸一下新鲜空气。在菜市场的时候他跟我说昨天晚上他差点被我气哭了，觉得自己特别委屈。后来他又觉得我在他那里应该是无拘无束的，是自由的。

我熬了白粥，做了白切鸡、清炒菜心和茄饼。骆无穷在书房说有事做，我把饭菜在餐桌上摆好叫他吃饭。

骆无穷看起来胃口很好，也不像生病的样子。

"还生气吗？"我问他。他买的椅子坐起来很舒服。

"生气啊，都快气炸了，至少还要给我做三顿饭，我才不那么气。"骆无穷说。

"骆无穷，你不要得寸进尺。"

"两顿，不能再少了。"他跟我讨价还价。

"戒断反应让我无法控制情绪，接下来一周的情绪变化都不在我的控制里。无论我说了什么过激的话，做了多过分的事，你都不要当真，都不是我的本意，还有……"

"还有什么？"

"还有，你最好不要让我离开你的视线。"

"我知道了。"

"之后的一周我就住你这里了。"

"啊,哦,好的。"

这时候我下了一个很大的决心,我要强制断药,我不想再经历漫长的戒断过程了。我不想让那些反反复复的情绪再伤害到骆无穷,即便我知道这个强制戒断的过程会很艰辛。

晚饭后我自己在客厅玩手机游戏,让自己注意力转移。骆无穷吃了退烧药在我旁边一边看我打游戏,一边打瞌睡。

"你去床上睡吧,我睡得比较晚,你不用陪我。"

"沙发就是我的床。"他说。我忘记了像他这样的极简主义者不可能有多余的床,我叫他睡床我睡沙发,他坚决不同意。

"那要不你跟我一起睡床吧?你感冒了,睡沙发怕你着凉。"

"没门,不要以为我生病了就想对我为所欲为。"他直言不讳地拒绝了我要跟他同床的建议。

"闭嘴吧,你看你病恹恹的,我会对你有兴趣?"

"你这种如狼似虎的年龄可是很难说的。"他又恢复了嬉皮笑脸的样子。

"那随便你,反正感冒的又不是我。"

他靠在我肩上睡着了,我把他身体放平,去卧室找了一床被子给他盖上,然后回房间睡了。骆无穷的房间很整洁,当然除了床和床头柜之外只有一把椅子和衣柜,没有任何装饰,也看不出他有什么喜好。

他床上有一股清淡的香水味,对于我来讲整个房间都是陌生的味道。但第一个夜晚没有我想的那么难挨,可能因为昨天的药吃得太多,直到今天药效依然强劲。

真正让我感受到戒断反应是在骆无穷家的第二天,骆无穷退了烧,感冒也好了一大半。焦躁伴随着亢奋,我不停地跟骆无穷说话,不知疲累,一会儿又蜷缩在沙发上觉得了无生趣,沉默不语。

骆无穷好像也慢慢适应了我情绪的不稳定,他像个没事人一样,还去超市给我买了话梅之类的酸食,怕我恶心反胃。他嬉皮笑脸的,一会儿逗我一下,说伺候我像伺候一个孕妇。我甚至感受到了他观察我情绪变化的乐趣,他觉得我的喜怒无常、忽冷忽热很好玩。

晚上我焦虑发作的时候他才意识到我戒断反应的强烈,我躺在床上扭曲着身体,神经像在被虫蚁爬咬,神经的刺麻让我不停地抓挠自己的身体。

"你的药呢?"骆无穷一边翻我的包一边问我。

"我没有带药,我想强制戒断。"

"傻啊你!"

骆无穷试图抱住我让我平静下来,我怒不可遏地推开他,因为他的触碰让我身体的刺麻反应更加强烈。他坐在一旁手足无措,眼泪就那么悄无声息地顺着他消瘦的脸颊流下来,我多想抚摸他的眼泪,像抚平自己的伤痛一般。

我伸手过去抚摸他脸上冰凉的眼泪,我告诉他,别怕,我很快就会好起来了。他抓着我的手,我在他的悲伤里慢慢平静下来,我像感受到了因爱而吹起来的风,我无法抗拒这种平和的力量。

第三天我的焦虑和狂躁已经好了很多,焦虑发作已经没有前一天晚上那么严重,刺麻感缓解了很多。我沉浸在了无穷无尽的悲伤里,伴随着的是整夜的失眠。抑郁,让我如同被死亡的气息包裹着,我陷入了想自杀的情绪里。

骆无穷在我身边寸步不离,他说我像一朵蘑菇一样,缩在那里一动也不动。我并不想跟他说话,大部分时间都只是安静地坐着或躺着,我感受不到关于这个世界的任何东西。我开始莫名其妙地哭,吃饭哭,洗澡哭,发呆也哭,骆无穷好像习惯了我情绪的大起大落,无微不至地照顾着我。

即便骆无穷在身边,对于我来说这依然是一场漫长而孤立无援的战斗,而对于手无寸铁的我,在这一场战斗里毫无胜算。一切的一切都让我绝望,我不知道下一次的狂风暴雨什么时候会来到。

情绪稳定的时候我也会跟骆无穷聊聊天,大部分时候是他在说我在听。他跟我说起他认识我之后的事,也会说说他以前的生活。我问他有没有什么怪癖,或是上瘾的事。他说读书的时候对游戏上瘾,后来工作后对钱上瘾,这两年有点无欲无求了,很难对什么事感兴趣,再然后就遇到了我。

我问他:"看见我这样不害怕吗?"

他说:"怕呀,怕我什么都帮不了你。"

"你对每个喜欢的女孩子都这样吗?"我问他。

"除了你,换作任何一个人让我滚,我都不可能还愿意这样伺候着,就算是天仙都不行。"他笑着说。

经历过很多的感情,我听够了男人的花言巧语,有时候我也假装相信,他们也觉得好像骗到我了。可是他们不知道,除了我自己愿意被骗,他们那些肤浅的手段和甜言蜜语根本骗不到我,我从一开始就没有相信过他们。

可是面对骆无穷的时候,我愿意相信他说的都是真的。我不怀疑他,也不怀疑自己。

我曾经对爱情失望,我用了壮士断腕的决心断绝了自己对爱情的期望,像断掉一种虚妄的瘾。骆无穷像是吹进我生活里的那阵风,复燃了我死灰般的爱情,我曾经抗拒过他进入我的生活,现在更愿意那些还有些余温的灰烬跟着风飞舞。

在断药的第五天，我的戒断反应已经好了很多，因为强制断药加重的焦虑和抑郁已经在我可控的范围内。我精神状态比起吃药的时候明显好转，很少再呕吐，食欲开始好转。焦虑发作也没有那么强烈的躯体障碍，只是偶尔会心悸和发麻。

这些对我来说都是好的转变，骆无穷看见我精神状态好了起来，又缠着要我给他做饭吃。

我精神状态好了些，也想做点事活动一下。我跟他去菜市场买完菜，手牵手回来，出了电梯看见徐嘉敏站在他门口等他。

骆无穷牵着我走过去问道："你来干吗？"

"你奶奶说你感冒了，让我来看看你。"徐嘉敏说。

骆无穷打开门把菜递给我，让我进屋，说跟她说几句话。我想他是怕徐嘉敏再说出什么刺激到我的话，所以并没有让她进屋的意思。我进屋之后，他顺手就把门关上了。

我听不到他们说了些什么，过了十来分钟骆无穷就进屋了。我没有问他们都说了些什么，骆无穷说因为他奶奶身体不太好，想让他回去看看她。他奶奶之前给他打了电话，他没有理会，所以直接让徐嘉敏上门来了。

我们没有再讨论他奶奶的事，我想每个人心里都有一些伤痛不想宣之于口。我们都在等时间治愈，不管有多缓慢，终归会变得不痛不痒。

我想我对叶穆的情感也一样，终有一天关于他的回忆再也无法在我心里掀起惊涛骇浪，他只是我人生的一段路程，跟过去的昨天和今天一样。

那天晚上我们躺在床上，我亲吻着骆无穷的嘴唇，我们拥抱纠缠在一起。他吹动着我敏感的情欲，我像一只篮子在河流上漂荡，不知道他会带我走向哪里。他亲吻着我的脖子、锁骨，双手在我后背游走。

我的手伸向他的腰腹，他突然停了下来问我："你现在脑子是清醒的吗？"

"这种时候脑子怎么可能是清醒的呢？"我的大脑一时没有反应过来他为什么这么问。

"我的意思是你之前跟我说无论你做了什么过分的事，都让我不要当真。我不知道这算不算你说的过分的事。"他严肃认真地问我。

他话一出口，我几乎是笑场了，停下了撩拨他身体的双手，想了一想说："那我让你看看我更过分的时候。"

我翻身将他压在身下，我给他我的狂热、温柔和雨季后的情欲，我想给他我的一切，我颤栗的身体和一颗颤动的心。

我睁开眼，这是我断药的第七天。我枕在骆无穷的手臂上，我想把它挪开，却惊醒了他。他说："你醒啦，你的背真好看。"我转过身搂着他的脖子，我亲吻了他的眼睛，他的睫毛轻轻扑闪。

药物的戒断反应对我的影响已经很轻微，失眠的问题也还是问题，抑郁和焦虑依然存在，对于药物依然还存有心瘾，但在生理上已经没有强烈的依赖感。

无论如何，这也是一场自我意志力的胜利。

我可能得抑郁症了！

第九章

爱的绑架

我跟骆无穷坠入了爱河之中,我们并没有急于入侵对方生活的各个方面,我们尊重了彼此自由的空间。

我曾经是一个在爱情里占有欲很旺盛的人,但对骆无穷,我给予他最大的自由,我也希望他是无拘无束的,我的爱不能成为勒住他生活的那根绳子。同时,我也不想任何人的爱成为我的束缚,这会让我觉得不适。

赵心怡跟刘聪约了我们一起吃饭,她对我的新恋情满怀欣慰,看着我变好的精神状态和食欲,对骆无穷更像对恩人一般感恩戴德。她觉得我终于有一个相爱并且可以照顾我的人了。

赵心怡跟我说她过两天要回一趟长沙,她之前跟父母提过想卖掉长沙的房子在成都买房定居,她父母叫她回去办理房产的事。

她回长沙的第三天,凌晨三点给我发了微信。因为断药后我失眠的问题一直无法改善,每天都睡得很晚。她说她准备跟她父母坦白她与刘聪之间的恋情,因为她父母又给她安排了相亲,她无法再隐瞒下去了。

赵心怡和刘聪原本是邻居,邻里间也隐约觉得他们不是普通的朋友关系。赵心怡的父母曾经质问过她是不是跟刘聪在谈恋爱,她一口否认了。她父母当时就表态,如果你们在一起,那我们就断绝关系。迫于这种压力,赵心怡一直跟她父母说自己单身,她父母也时常远程安排她相亲。

赵心怡父母对刘聪的印象大概是:不务正业、吃喝嫖赌抽、没文化,总之是一无是处。

我认识刘聪两三年,我们三个经常一起玩,我们总有很多话题可以聊。他给我的印象却恰好相反,他聪敏好学、正直有趣、自强不息。如果要说缺点的话，那就是处女座的完美强迫症。

过了一会儿，赵心怡给我打了电话，她几乎带着哭腔跟我说："阿雅，我好怕。我爸妈什么难听的话都骂出来了，说我连婊子都不如，让刘聪白睡了几年。他们要跟我断绝关系，我爸差点动手打我。"

我连忙安抚她说："别急，慢慢说，你好好跟叔叔他们谈谈。"

她说："我怕得全身发抖，我现在在房间里，我怕他们冲进来再骂我。我要不要连夜开车走？我不想再留在家里了。"

我话还没说出口，她就跟我说："我不跟你说了，我听见我爸妈往我房间走过来了。"我听见电话那头传来拍门的声音，接着赵心怡就挂断了电话。

我很担心她，盘算着怎么能让她度过这一关。我从来没有面对过这样的家庭情况，我心乱如麻，一时也没想出什么两全之策。

我只在青春期跟父母发生过这样的冲突，那时候一个男生经常给我打电话，我父母认为我在早恋。我跟那男生只是经常一起玩，那时候我们都是学校里有名的坏学生。我们经常一起逃课，他带我去游戏厅打游戏，带我去看他打架。那时候我的成绩一落千丈，而他是那种学习天赋极高的人，一个月去教室上课的次数屈指可数，但他却可以轻松考进年级前十名。

放暑假的时候，他会经常给我打电话和写信，我父母偷看了我的信件之后认为我在早恋，于是试图监控我的每个电话。我妈开始每天找各种缘由骂我，开始我会还嘴，后来我发现这样只会被骂得更厉害，我也就习惯了沉默。但是我妈并没有因为我的沉默不骂我，她看我不回应她，于是骂得更厉害了，我也懒得跟她争辩。

我每天默默做好饭，吃完饭就回房间睡觉，我保持着每天睡二十个小时的状态，以此逃避来自母亲的辱骂和讽刺。

从那时候起，我在面临困境的时候，就习惯了用睡觉来逃避问题。

直到我哥看不下去了，他跟妈说："你能不能别骂妹妹了，你都把妹妹骂傻了，她整天脸上一点表情都没有了。"我妈才意识到我状态不对，那时候我很感激哥哥，母亲强势的性格让我们从小不敢对她有任何异议。

母亲对我的辱骂和讽刺影响了我整个青春期，我内心变得孤僻，跟所有人保持疏离，包括家人。我也变得没有自信，那是一种由内而外的自卑。我一直认为自己长得不好看，即便交往过的男孩子夸我漂亮，我也心虚。有人夸我聪明、工作能力强，我也会自觉地把这些归于我的运气。

其实从那时候起我就开始出现抑郁的表现，整个高中时期我都不快乐。我母亲似乎觉察到了我的抑郁，不再对我苛责，也是从那时候起，我就不让我父母干涉我的生活和未来。

我大学退学的时候，我父亲到学校来找我，我面对他近乎哀求的态度，都没有退让分毫。我跟他说，我再在学校待下去会自杀的。他们彻底失去了对我生活的掌控权，他们纵容了我的任意妄为。因为相比我平稳的未来，他们更希望我可以活着，这是父母对于子女感情的底线。

我反对愚孝，反对父母用爱的名义对子女进行绑架，每个人都是独立的个体，子女从来不是父母的从属物品。他们希望子女顺从他们的安排，以"我为你好"的说辞来掩饰自己的掌控欲。

这是很多父母都不明白的一点，他们不知道，教育里最大的悲剧是让子女失去独立自主的能力。

赵心怡父母的强硬态度超过了我的预期，我不知道父母可以强势到这种地步。

赵心怡再给我发来微信的时候已经是凌晨五点，她说刚又被骂了一顿，他们让她发誓不再跟刘聪交往，她当着父母的面发了毒誓保证不再跟刘聪见面。她问我，要不要收拾东西，偷偷开车回成都？我说，你这样做了你父母会更反对，你们之间的关系再也没有回旋的余地了。

我也没有想出更好的办法，后来商量说让她明天找个借口溜回成都。我一夜无眠，绞尽脑汁也想不到能为她做些什么。

第二天赵心怡的父母就给她安排了相亲，我跟赵心怡再一次上演了她相亲时常用的手段，以工作出问题必须让她回来为由脱身。

赵心怡几乎是逃回成都的，她走之前她母亲说过几天要来成都照顾她的生活，这对于她而言就是一种变相的监视。

赵心怡回成都之后的第三天，她的母亲就紧跟着来了，只是没有再提刘聪的事。赵心怡整日提心吊胆，用各种手段讨好她母亲。

我跟谢薇薇她们商量了一下，觉得我们这些外人的话她母亲可能更容易接受一些，就邀请了她母亲一起吃晚饭。

赵心怡在水街一家中餐馆定了位置，这也是我第一次看见她的母亲，一个瘦弱、饱经风霜的中年妇女。赵心怡跟她长得不太像，对她毕恭毕敬，看不出母女亲密的样子。

她母亲看见我们几个很客气，我们也尽量保持了热情和亲切，点了一些湘菜，觉得她母亲可能会喜欢。

席间她母亲问起我们的感情状况，谢薇薇结婚了是她知道的。我跟苏千万都说自己单身,顺便把身边的男人都说得一无是处,以此缓解赵心怡在她母亲那里的压力。

吃完饭之后,我们在附近找了茶楼打麻将,因为赵心怡说她母亲喜欢打麻将,我们就想着让她开心点。也看得出她母亲在牌桌上对我们手下留情了,大概觉得赢我们的钱不好意思,另外我们几个的牌技也确实不怎么样。

后来的几天,赵心怡说她母亲对她好了很多,大概觉得自己女儿孤身一人来到成都能结交到几个好朋友也就放心了。她母亲走的那天赵心怡很开心,但同时又觉得有些不舍,她说她能感受到她妈妈的爱。

这段时间刘聪都不在成都,他去了外地处理工作上的事。

刘聪回成都的时候,赵心怡心里是委屈的,她想要刘聪想一个解决的办法,但她自己无法问出口,于是又约了我们一起吃饭,想试探一下刘聪的想法。

我看见刘聪的时候,这些话无法问出口,他脸上也写满了无可奈何和茫然。他没有想到她父母会如此看待他,并且会如此强烈地反对他们在一起。从认识他以来,我从来没有看见过他如此挫败,之前的意气风发荡然无存。

刘聪的沉默和逃避让赵心怡更加委屈,她甚至开始想自己的坚持还值不值得。

我跟她说,这是一道难题,你不能要求一个人是全能的,给他一些时间。这几年我几乎就是赵心怡的感情顾问,我一个感情失败的人教她如何谈恋爱这件事并不荒诞,因为我跟她讲的都是我失败的经历。

那天晚上我去找了骆无穷,我扑在他怀里久久不愿放开手,他对我突如其来的热情有些意外。他摸摸我的头问我："是不是发生什么事了？"我摇摇头，说："我们不要分开好不好？"他说，我们俩又反了，这是他说的话才对，而我抢了他的台词。

我问他："为什么这么说？"他说他看了我的社交账号，才发现我是网红，那么多仰慕我的男人，多到让他吃醋。我说，没有任何人可以与他相提并论。

晚上我们就开始清算各自微信上曾经的暧昧对象，他说一个，我便也找一个出来说，后来我们俩意识到了自己的幼稚，为什么我们这种事也要攀比？

他说，他愿意在我面前是一本打开的书。

我没有想到发生在赵心怡身上的事情在第二天会出现在我的感情生活里。

早上我跟骆无穷还在睡觉的时候，一阵急促的敲门声响起，他起床去开门，我没有理会，仍睡在被窝里。

"奶奶，你们怎么来了？"卧室门没有关，我听见骆无穷在外面说道。

"我来看看你啊，我听嘉敏说你交往了一个女朋友？"一个苍老的声音。

我听见他奶奶来了也就连忙起床穿好衣服，把床铺好。

"是啊，你以后不要再让她来找我了，我不喜欢她。"骆无穷说。

"她哪里不好了，跟我们家门当户对，长相、学历哪一点配不上你了？"他奶奶说道。

"不是配不配得上的问题，问题是我不喜欢她。"骆无穷再次强调了他不喜欢徐嘉敏。

"所以你找了一个有精神病的女朋友？你妈怎么死的你是不记得了吧？"他奶奶颤抖的声音回荡在客厅里。

"第一，我女朋友不是精神病。第二，你永远没有资格在我面前提我妈。"骆无穷压低了声音说道。

我站在卧室门口，看见一个鹤发童颜的老人，旁边站着一个大学生模样的男孩子搀扶着她，我想应该是骆无穷之前提过的住在他奶奶家的表弟。他奶奶听见我的脚步声，转头就看见我了，我不知道该怎么开口称呼。

"看来是真的了，这么随便就住在男人家里能是什么正经的货色？"他奶奶说。

"外婆，别这样说。"站在她旁边的男孩子小声说道。

"我还说错了吗？"他奶奶的语气没有因为衰老而变弱。

"你这样闹不好。"男孩的声音更小了一些。

徐嘉敏估计什么都对他奶奶说了，也看得出来他奶奶并不待见我。我正想开口骂回去，骆无穷走过来轻声地跟我说："你先回房间，我来处理，没事的。"说完，他抱着我亲了一下我的额头，我点了点头回了房间。

"你有什么权力来管我跟谁在一起？你对我女朋友尊重一点。另外你要清楚一点，我不是我爸，我没有他那么软弱，连自己的老婆都保护不了。"骆无穷对他奶奶说道。

"骆无穷，你就这么跟自己的奶奶说话吗？你想你爸死不瞑目？"他奶奶的语气听起来有些激动。

"如果不是我爸临死前让我原谅你，我根本不会叫你奶奶。你当时怎么逼死我妈的，你忘了我可没忘。"骆无穷的语气已经失去了耐性。

"哥，你们别吵了，有话好好说。"他表弟说道。

"这么多年你一直以为是我逼你妈跳楼，你妈跟你爸结婚之前就有精神病，这是她们家遗传的。你现在又找一个有精神病的，你让你爸怎么走得安心？"他奶奶哽咽着说道。

"我妈有精神病？要不是你每天苛责她骂她，她会跳楼？我会那么小就没有妈？你别提我爸，如果不是因为他软弱什么都听你的，我妈也不会死！"

"这么多年你还是不原谅我？"他奶奶声音有些颤抖。

我从他们的对话里似乎理清了他母亲自杀的真相，我有一些心疼骆无穷。

"我现在不恨你，但如果你想干涉我的生活，我告诉你，永远不可能！"骆无穷说。

"我们家怎么出了你这个白眼狼？你真是色迷心窍啊！"他奶奶痛心疾首地说道。

"您没什么事可以走了，我不想惹您生气，但以后您过来最好提前给我打个电话。"骆无穷下了逐客令。

"我们走吧，这样吵不好。"他表弟说道。

"你就自作自受吧！"他奶奶狠狠地撂下一句话。

我听见他们的脚步声和关门声，他奶奶和表弟走了，骆无穷回了卧室。我坐在床边，看着他。他走过来蹲在我面前，拉着我的手说："对不起，我不知道她要来。你别生气，她跟我的生活没有什么关系的。"

我笑了一笑说："我不生气，你奶奶这么看我也正常。"

我确实有精神病，这个标签一旦被贴上，任何人都可以对我避之不及。很多人都觉得一个精神不正常的人会杀人放火，事后还可以免责，所以能躲多远躲多远。这是一种让人羞耻又让人恐惧的病，很多人在去精神科之前都会犹疑，一旦被确诊，这个标签就撕不掉了，要遮遮掩掩地过完这一生。

"她说话难听，你不要把她的话放在心上。"骆无穷说。

"那个男孩子是你表弟吗？"我问他。

"嗯，我小姑的儿子，小姑离婚之后他就住在我奶奶那里，说实话他这么大我见他的次数两只手都数得过来，想着他跟我奶奶一起住也挺可怜的，你也见识到我奶奶是什么样的人了。"

"如果你奶奶坚持要我们分手呢？"我问他。

"她坚持是她的事，跟我没有关系。她完全可以不认我，反正她那么多孙子。"

"嗯，我饿了，我想吃肉包子。"我说。我不想在这个问题上继续说下去，不想让他再想着他母亲的事。

"好好好，我们去吃包子。"骆无穷看见我没什么事，又恢复了轻松的样子。

只是我不知道后来的几天，他被他们家叔伯兄弟们在电话里狂轰滥炸，都骂他不孝顺，把他奶奶气得进了医院。整个家族都有跟他断绝往来的架势，骆无穷跟我说起的时候只是笑笑。

他说，他们不过是因为奶奶住的老房子要拆迁了，据说拆迁款非常可观，不认他的话他的叔伯们就可以多分一点。他爷爷死后，子女也没有一个争气的，说家道中落也不过分，现在个个都盯着他奶奶的房子拆迁。平时也没见他们有多孝顺，个个对他奶奶避之不及，总算抓到一个机会表现自己的孝心了，他们还不得把他往死里骂。另外他们也是可笑，觉得他会在意跟他们之间的亲戚关系。

我说:"那拆迁款你岂不是分不到了?"

骆无穷说:"是啊,我爸兄妹五人,我会分到五分之一呢。"

"大概有多少?"我问他。

"至少有一套房吧。"

"那不是很亏?"

"我也喜欢房子,我也喜欢钱,但我更喜欢你啊!"

"哪里学来的土味情话?"

"这句话是你这个网红说的啊!你自己不记得了?"

"不可能,我才不会说这么恶心人的话。"

骆无穷问我,会不会觉得他是一个六亲不认、薄情寡义的人?

我说,不是,是太多的人把亲人之间的爱变得扭曲了,他们不懂什么是尊重,也不懂什么是爱。他们把这种对亲情的绑架当作理所当然,并且恬不知耻。

赵心怡以为她跟刘聪的事因为她发了毒誓就雨过天晴了,没想到过了几天又风云变色了。她妈妈走了之后,没有几天又回了成都,大清早把她跟刘聪堵在了屋里,赵心怡无从狡辩,刘聪也无处可藏。

他们跟她妈妈吵了一架后,刘聪摔门而去,她妈妈坐在沙发上哭闹不止。赵心怡给我发微信问我怎么办。我说,你就跟你妈妈说中午我请她吃饭,顺便去拜访一下她。她问了她妈妈之后,她妈妈表示不想见我。

我给谢薇薇打了一个电话问她知不知道这个事。她说,不知道啊,早上刘聪才来了她家,因为昨天说麻烦刘聪帮她的车做保养，她不懂车，自己去做保养怕被敲竹杠。

跟谢薇薇商量之后，我们决定让她先把刘聪留在她家，我过去找他们商量一下这个事该怎么解决。

路上堵车堵得厉害，我到谢薇薇家的时候已经十一点了，刘聪也已经回来了，他坐在沙发上对我露出了一个苦笑。

商量了一阵，决定我跟谢薇薇一个唱红脸一个唱黑脸，先哄住她妈，然后问她妈究竟对刘聪哪里不满意，我们再针对不满意的地方想办法解决。我跟谢薇薇性格有些相似，做事都很果决，觉得事情既然已经藏不住了，就一次性把问题摊开来解决，这也许是一次转机。

赵心怡发短信说她撑不住了，她妈背着包说要走。我说，我们二十分钟到。谢薇薇家离赵心怡租的房子不远，快的话十分钟应该可以到。

我们都没有想到事情会闹成这样，也没有想到平时性格霸道的赵心怡在她父母面前毫无招架之力。

谢薇薇说，她的妈妈也是性格很强势的一个人，她平时也愿意哄着妈妈，但绝对不会让她干涉自己的选择，会让妈妈知道她已经没有能力可以决定自己的生活了。

赵心怡给我们打开门的时候，一双大眼睛又红又肿，连苦笑都笑不出来了。她妈妈坐在沙发上，背包还在背上，做好随时走的架势。

她妈妈看见我们来了，话还没出口就哭了起来，谢薇薇马上过去蹲在她面前握住她的手说："阿姨，你别哭了，你哭得我都难过了。"我马上拿了纸巾递给她妈妈说："阿姨，有什么事可以慢慢谈，咱们先别急。"

"谈？有什么好谈的？这个事没得谈，我跟她说了他们要在一起就跟我们断绝关系，老死不相往来！"她妈妈非常激动，大声说道，然后忍不住又开始抽泣，眼泪像打开的闸水。

"阿姨，没有那么严重的，其实这个事不是什么坏事。"我细声劝。

"这个事我还没跟她爸说，她爸要知道了会拿刀砍死刘聪的，就等着她爸去坐牢吧！"她妈妈情绪愈发激动，这是我没有见过的场面，如果不是了解他们之间的情况，我会以为刘聪跟他们家有深仇大恨。

"阿姨，既然他们都在一起了，我们就好好谈谈你跟叔叔究竟对刘聪哪里不满意吧？跟心怡认识几年，你也知道我比她大一些，所以我一直把她当妹妹，我也希望她可以幸福，有美满的婚姻。如果刘聪真的不好，别说你们了，我们也会反对他们交往的。"我说。我很想知道她父母究竟觉得刘聪哪里不好了。谢薇薇也在旁边附和着说："是啊，阿姨你就跟我们说说。"

"哪里都不好，真不知道她看上他哪一点了，今天早上还跟我说她觉得刘聪哪里都好！"她妈妈说。

"阿姨，其实我跟刘聪认识也有几年了，我也看得出来他对心怡很好，也是真心的。如果他哪里做得还不够好，你说出来我们看有没有办法沟通，让他改到你跟叔叔满意。"我说。

"对呀，阿姨，我们就先不给他判死刑，先判个死缓，看看他的诚意再决定。"谢薇薇说。我给了她一个肯定的眼神，继续这样配合让赵心怡的妈妈把问题都说出来，一个人，尤其是一个女人在气头上的时候，想让她心平气和地说话，那就得让她先把气都撒出来。

"他的家庭什么样可能你们还不知道吧，他爸爸是酒疯子，一家人几十年聚少离多，这样的家庭能养出什么好儿子？一个不健全的家庭怎么可能有幸福可言？刘聪要钱没钱，要能力没能力，他拿什么跟心怡结婚？"她妈妈说。

我看了谢薇薇一眼，谢薇薇脸上的笑僵住了，因为谢薇薇从小是在单亲家庭长大，也就是赵心怡妈妈说的那种不健全的家庭。

"阿姨，虽然我不了解刘聪的家庭情况，但我觉得他能力还是有的啊，赚钱也赚得不少，而且他前几天跟我们说要在成都给心怡买房，而且只写心怡一个人的名字，这个还是挺有诚意的了。"

我没有撒谎，刘聪是这样打算的，想在心怡的父母面前拿出他能拿出的最大的诚意。

"能力？他要不是靠着他那个小三上位嫁了有钱人的姐姐，他现在估计该讨饭了吧？且不说我们不需要他买房，我们家也买得起，我们心怡难道找不到一个愿意给她买房买车的男人吗？"

我想是不是很多父母都不太了解现在婚恋市场的现实，我很想说，愿意买房只写女方名字的男人真的是凤毛麟角，盘算着女方财产的男人反倒是多不胜数。

"阿姨，刘聪还真的挺上进的，他没有靠他姐姐的，他最近做的项目是跟我合作的，如果真的没有工作能力，我怎么可能跟他合作呢？"谢薇薇马上解围说道。

赵心怡妈妈对我们几个的基本状况还是了解的，她知道我跟谢薇薇是开公司的，虽然不了解我们能赚多少钱，但还是认为自己女儿能跟我们做朋友那我们还是挺优秀的。

"你们啊，都是被他骗了，他跟你们演戏的，在没有结婚之前当然什么都演的出来。"见在否定刘聪工作能力问题上没有占据上风,她妈妈马上转换了方向。

"阿姨,一个男人演三五天容易,三五个月也容易,演三五年还是不容易的。刘聪对心怡真的挺好的,先不说买房什么的,其实能遇到一个相爱的人就很难了,我也相信刘聪以后可以给心怡幸福。"我说。

"幸福?婚姻是没有幸福、没有快乐可言的。都是女人的包容、忍耐和教一个男人怎么成长成一个更好的男人。"赵心怡妈妈又抹了一把泪说道。这几句话好像概括了她自己近三十年的婚姻生活。

我想,也许赵心怡妈妈的婚姻并没有那么好,可是为什么她都觉得婚姻是女人的悲剧了,还是希望自己的女儿结婚,希望女儿重复这样悲剧的生活呢?这些父母难道不是自相矛盾吗?这些话我没有问她,因为这不是一场辩论赛。

"婚姻可能真的有很多无奈的地方,但是也有幸福的啊。如果一个男人在婚前对她都不好,您还指望他婚后会对她好吗?婚姻可能会不幸,但如果婚前把这个男人看清楚,觉得这个男人还是爱自己的,这种不幸的概率是不是会低一点呢?"谢薇薇说道。

我想幸好有谢薇薇在,要不然这种场面我一个人真的很难应付。赵心怡在旁边看着我们,闭口不言,她知道她一开口她妈妈又会情绪激动。

"婚姻都是不幸的,但我们还是希望心怡以后的生活可以安稳一点,她真是伤透了我们的心。"心怡妈妈说完又开始哭了起来,我递了纸巾给她擦眼泪,跟赵心怡说:"倒杯水给阿姨啊。"赵心怡站起来拿了杯子倒了水递给她妈妈,阿姨接过水杯又放在了茶几上。

"父母对儿女的爱都是这样的,你们为心怡好,我们知道,心怡也知道,所以你们的意见对她很重要。"谢薇薇唱了红脸。

"她可以跟刘聪结婚,她觉得自己以后会幸福的话我们也管不着。我说了,以后大家就不来往了。她爸爸一直以她为骄傲,在单位里面都说心怡一个人在成都靠自己努力赚钱,没有花我们的钱,单位谁不知道我们有一个优秀的女儿。可是我们这个优秀的女儿一直跟我们说没有谈恋爱,我们心里着急啊,别人都会问你女儿找对象了吗?一个女人事业再成功,快三十岁了还嫁不出去算什么成功?"心怡妈妈说道。

我感觉脸上被心怡妈妈打了一巴掌,谢薇薇向我投来了同情的目光。我压住火气没有说话,我想我父母都没敢在我面前说这种话。

"阿雅,我不是说你啊,你是太优秀了,一般男人配不上你。"心怡妈妈看着我补充了一句。我知道这句话不是她的心里话,她心里就是认为我一个三十岁还没有结婚的女人是很失败的。

"阿姨,现在女孩子都忙于事业,三十多岁不结婚的很普遍啦。虽然我结婚了,但我还是觉得单身比较好。"谢薇薇替我解围。

"一个女人三十岁不结婚就是不正常,别人怎么看,邻居怎么说?你们是觉得无所谓,父母的脸面往哪儿放?"心怡妈妈接着说。

她这句话无疑又是给了我一巴掌,我的火气快压不住了,此时此刻我无比同情赵心怡,我想如果我们不在这里,她妈妈说的话可能要难听一百倍。

"瞒着你是我不对,我就是怕看见今天这样才一直不敢跟你们说。你就说你们怎么不满意刘聪了?"赵心怡忍不住开了口。

"哪里都不满意,当初他们都在传你跟刘聪谈恋爱,我们问你,你说不可能。你叔叔说如果你跟刘聪在一起,你的眼光也就只能这样了,你现在说你们在一起,我们脸面往哪儿放?"赵心怡妈妈马上跟她吼了回去。

我跟谢薇薇算是听明白了,其实赵心怡的父母最介意的事还是他们的面子问题。刘聪在邻里间口碑不好是其中一方面,另一方面是觉得自己在亲戚面前丢人了,自己引以为傲的女儿找了一个大家都不看好的男人,让他们从此以后再也没有优越感,这件事很丢人。只是我不明白为什么父母的面子会比女儿的快乐、幸福更重要?

我跟谢薇薇早饭都没有吃,饥肠辘辘地跟赵心怡妈妈谈了近五个小时,她依然没有松口,只是情绪稳定了很多。但这种结果也让我们觉得有些欣慰了,好像事情有了一丝转机。

赵心怡的妈妈坚持要走,我们把她送走之后瘫软在沙发上,感觉精疲力竭,像经历了一场恶战。这是我第一次跟如此固执的父母过招,这时候我庆幸我父母对我的宽容,从来没有这样逼迫过我。

虽然我父母会催婚,但不会用这么粗暴的方式,即便我找的男朋友他们不满意,但也不会阻碍我,更不存在什么面子的问题。我父母一直以为我不谈恋爱有两个原因,一是我还忘不了叶穆,二是我要求太高。我没有跟他们提起我在跟骆无穷谈恋爱的事,我不想他们充满希望之后再失望。

我自己都不确定跟骆无穷能走到哪一天,坦白说我没有想过要跟他的一生绑缚在一起,从一开始我就觉得他也会离开我。我还是那条浪荡不息的河流，会流向远方。

未来的变数太多，我们都无法控制。永恒、一生一世，大多山盟海誓的词都虚构了一种时间恒定的伟大，有人痴迷于这种虚构，有人在认清之后仍然愿意往前走。

骆无穷给我发来信息说，他几个北京的朋友来成都了，问我有没有时间一起吃个饭。我说，好啊。

我回家稍微打扮了一下，本想盛装出席，又怕因为隆重而显得格格不入。骆无穷在成都没有什么朋友，他让我陪他一起去见的朋友，对他而言应该是他比较看重的朋友了。

他的朋友们跟他年龄都差不多，三男两女，骆无穷给我们互相介绍了一下，我努力记住他们每个人的名字。

席间他们开始开起我跟骆无穷的玩笑，问我们打算什么时候结婚。骆无穷看见我有些不好意思，把话接过去说道："阿雅什么时候想结婚了，我们就什么时候结婚。"

"那阿雅姐可要抓紧了，无穷可是很受女孩子欢迎的，别被人抢了。"一个女孩子说道。

"也就我们家阿雅不嫌弃我了，哪还有女孩子愿意跟我呀！反倒是我比较担心这个问题，我得把她看紧一点。"骆无穷的话说得滴水不漏。

"男人看是看不住的，准备买贞操裤给他穿上了。"我开玩笑道。

"你们啊，也早点把婚结了，早点生个孩子玩玩。"坐骆无穷旁边的男孩子说道。

"孩子哪里有游戏好玩！你们平时玩游戏吗？可以带我一起

玩啊。"我实在不想跟他们讨论这个问题,这总让我对骆无穷有一点愧疚,因而想把话题撤开。

说到游戏,他们又扯到他们一起玩游戏的时候,说得眉飞色舞的。

饭后他们说去酒吧喝点酒尽兴,我选了一家玉林的酒吧,以前偶尔会去那里喝酒。

他们说骆无穷是典型的酒后吐真言,只要他喝多了,你都不用问,他自己会把秘密抖个干干净净。

我问骆无穷:"真的吗?"他点点头说:"真的。"

喝了两口威士忌,我状态也放松了很多,没有吃饭的时候那种拘谨。他们说要玩真心话大冒险,让骆无穷在我面前毫无隐私可言。我说:"好啊,摇骰子,最大的算赢。"

第一把就是骆无穷输了,当然是我赢了。他们说问他谈过多少个女朋友,要不问他初夜是多少岁。

我想了想,问骆无穷:"如果有一天AI暴乱,你会背叛人类吗?"

他们嚷着要我换一个问题,我说你们能赢过我的话,我们的秘密你们就可以随便问了。

骆无穷笑着说:"当然,我就是人类的叛徒。"我说:"很好。"

第二把,当然也是我赢,输的是一个女孩子,我也不能问很过分的问题,只是问她:"如果你爱的人变成了丧尸,你会开枪打死他吗?"

她说:"会,那时候他已经不是人了。"

接下来都是我赢,他们怀疑是我作弊了。

我说:"不瞒大家说,你们跟我玩骰子无异于自投罗网自取其辱,我可以每把摇豹子。"

然后我给他们表演了一下我摇骰子的技术,他们直呼"太牛了"!

我说:"骆无穷可能都不知道我曾经开过酒吧,那时候有一些老客人过来要我陪他们喝酒,但我酒量不好,只能在这上面取胜了。"

他们说,那不玩这个了,没意思,你不擅长什么我们玩什么。我说,石头剪刀布是我最弱的一项。

在跟我玩了第一把大冒险之后他们就决定不玩游戏了,玩大冒险的时候一个男孩子输了,我让他去门口树边站着,看见有人路过就单腿抬起,对路人说:"你看我学狗撒尿学得像不像?"

喝完酒之后我已经有些醉了,把他们安顿好之后,我就像考拉一样吊在骆无穷的手臂上往他家的方向走。

"喝不了就少喝一点嘛,喝起酒来一副谁都不服气的样子。"骆无穷说。

"我想喝到你说真话,但你酒量太好了,你都没有喝醉。"

"我不喝醉对你说的也是真话呀。"

"我不信。"

"衍雅,你有想过跟我结婚吗?"骆无穷小声问我。

"啥?"我只能装作没有听清楚。

"没事了,我们回家吧。"

回他家之后我的酒劲也上头了,头痛得不行,直接就倒在床上了。他帮我把鞋子脱掉,然后拿毛巾给我擦脸和手,毛巾热乎乎的很舒服。

"你喜欢我吗？"骆无穷躺在我身后伸手抱住我，在我耳边问我。

"我爱你。"

我虽然有些醉了，但脑子还是清醒的。我不愿意回答他结婚的问题是因为我还没有考虑好，我不想骗他。而这个问题，我很肯定地告诉了他答案，我不想骗我自己。

"虽然是酒话吧，我还是很爱听。"他说。

我觉得有些冷，又往他身上靠近了一些，在他温热的体温中睡着了。

早上睡醒之后我们躺在床上闲聊，我跟他说起了赵心怡的事，也问了他有没有去看他奶奶。他说，过两天去看一下。

我问他："如果你奶奶以死相逼要你跟我分手呢？"

他说："那我尊重她的选择。可能你觉得我这样说很无情，她一把年纪了如果能看透生死，为什么看不透这种简单的道理？"

我说："如果她觉得你的幸福比她生命更重要呢？"

他说："如果她真把我的幸福看得那么重要，就应该知道我的幸福是你。她看重的也不是我的幸福，是她这么多年可怕的掌控欲。她掌控了我爸的一生，总是说为这个家庭奉献牺牲了多少，可是没有一个人感激她，都只想逃离她。我爸选择带我去北京就是为了不面对她，我爸死了她就妄想把这种掌控转移到我身上，我父母就是她一手炮制的悲剧。我爸直到死都无法原谅自己，我不会让这种悲剧再次发生。"他说。

"无穷，你昨晚上是不是问我问题啦？"我说。我想我本就不该讨论他家的问题，这会让他不开心。

他有点腼腆地笑着说："哈哈，你没喝醉啊？"

我说:"我喝不喝醉都不太清醒,有时候吧觉得你像个小孩子,纯洁无邪,有时候又觉得你特别成熟,像装了很多心事,我又无法与你分担。"

他说:"每个人都有自己一些不与人相通的感受,就像我妈对于我,叶穆对于你一样。不是因为介意而不愿意提起,而是只能靠我们各自消化掉。过去的事对我们而言已经不那么重要了,不如做一些更有意义的事。"

我问:"比如呢?"

骆无穷一脸坏笑地说:"比如做个爱什么的啊!"

他说完双手就开始不规矩了,我说:"别乱摸!"

他反驳说:"我没有乱摸,我是在有秩序地摸!"

"臭流氓!"

骆无穷说他在我面前可以是一本打开的书,但我却看不懂他。可能就好像他说的,有一些感受并不相通。我一直以为自己很了解男人,他们一个眼神我就知道他们在想什么。这两年我谈过四五场恋爱,他们喜欢我或离开我的原因都大同小异。我不用费力就可以猜到他们为什么会喜欢我,我的优点很明显。他们不说我也知道他们为什么会离开我,因为我的缺点也同样明显。

换一句话说,因为我了解他们,所以我知道他们的需求,知道我可以给他们什么。他们喜欢我的身体,喜欢我的钱,喜欢我跟他们交往过的女孩子都不同。这些是我在感情和生活中可以给予他们的,他们对我的需求程度就是他们对我喜欢的程度,我心里的天平一直在衡量,我精于计算,这样我才知道我该干吗,让自己在该爱的时候爱,在不该爱的时候就放手。

从始至终这些感情都没有超出过我的预料之外，这种可以自己掌控的节奏让我觉得像游戏，又让我有理智的安全感。

当我不知道我可以给予骆无穷什么的时候，我失去了这种理智和以往恋爱经验的逻辑推理，这些对我来说是一种失控。患了焦虑症之后，我的掌控欲变得很强烈，我希望与我相关的一切都在我掌控中，失控会让我焦虑。

我不知道他在我身上可以获得什么，在这种感情里，我不知道我该干吗，不知道未来的走向，像抓不住的风，若有又若无。

我之前没有想过再谈恋爱，在做出这个决定之前我有过很多的忧虑。我曾经怕自己太过刚硬不够柔软，易折易断，想过要柔软地臣服于这个世间。我也曾想过自己太过平凡，我怕自己赤手空拳难敌孤独和苦难。

当我下定决心的时候，就觉得这一切都不必了，我天性就是如此刚硬。我从来都生活在自己的世界里，我本就可以不拘泥于尘世的幸福，我可以抛弃一切，包括男男女女的那点情爱。

而后来我遇到了骆无穷，他在我的预计之外，是我生活中失控的那部分。我以为我会为此而焦虑，事实是他在一定程度上缓解了我的焦虑，他让我克制住了自己的控制欲。

他让我看见了曾经的自己，那个因为失去控制力就焦虑暴躁的自己，那个因为失控就痛苦的自己。

他是吹进我生活里和煦轻柔的风，他从哪里吹过来、会吹向哪里都不是我所能控制的，在让他随心所欲的时候，我也放开了勒住我喉咙的那根绳子。

这样的爱，让我宽恕了自己。

我可能得抑郁症了！

第十章 葬礼

我从小到大参加过四场葬礼，第一场是我爷爷的葬礼，那时候我只有七岁，因为我不爱他，年龄也小，对死亡还没有一个具体的概念。对于那时候的我，这场葬礼只不过是一个不爱我的人死了，而且我也不爱这个不爱我的人。葬礼办了三天三夜，父母忙于招呼宾客和各种殡仪，我在堂屋里跪在爷爷的棺木面前磕了几个头就出去玩了，我像是过了一个难得的假期。

第二场葬礼是叶穆姥爷的葬礼，我以外孙媳妇的身份参加了他姥爷的葬礼。白色和黄色的菊花摆满了整个告别仪式馆，因为他姥爷是孤儿，所以亲属不多，来的大部分都是老友和部下，整场葬礼显得肃穆庄严又体面。

他姥爷下葬那天我们一大早就去了南山，我站在墓园看了那天的日出。这让我想起了初中的时候在教学楼看的那次日出，一样的壮观和磅礴。

接下来的两场是我外公和外婆的葬礼，他们的棺木在几年前舅舅们就准备好了，他们已是耄耋之年，他们的身体像经历了几十年风吹雨打的朽木。

外公和外婆去世之前已经患了老年痴呆，我无从得知他们是如何看待自己即将走到尽头的生命的。但这是我第一次认真地思考死亡，他们对于我来说，不是简单的个人生老病死的自然规律。

在他们的葬礼上，我的眼泪是因为我意识到这个世界上少了两个疼爱我的亲人，他们像云烟一样在我以后的生命中消失。他们在入土为安的时候，留给我的是伴随一生的怀念。

我问骆无穷,如果有一天我死了,他会不会难过。

他说:"会啊。"

我说:"我死了你不要难过,把我的骨灰埋在我的落根树下,把我的名字也刻在上面,在那棵树的旁边再种三棵桃树。我不要葬礼,不要墓碑,也不要其他人来祭奠,让我安安静静地待在那里。你要是想我了就来跟我说说话,但别流泪,不过我更希望你忘记我。"

他说:"你这个人真是的,别人谈恋爱都是讨论婚礼怎么办,你却跟我讨论你葬礼怎么办。"

我说:"我还挺喜欢清明节的,扫墓的时候一片其乐融融,父慈子孝、兄友弟恭、夫妻情深。因为死去的人不会再对活着的人还嘴,而且大家相处的时间短暂,相处模式也很简单,什么恩怨情仇都不存在了,大家都很满意。"

他微微蹙眉说:"你这些奇怪的逻辑都从哪里学来的?"他想了想又说,"如果你死了,那我便守着你,等我死后就葬你旁边。"

我说:"这个故事编得简直是一段旷世绝恋,然后被后人传为人间佳话。"

谈到这些的时候我们刚做完爱,骆无穷牵着我的手,我们赤身裸体躺在卧室里。

"跟你说个事,你知不知道你有一些很古怪的问题?"骆无穷说。

"没有啊,我不古怪啊。"

"你自己有多古怪估计你自己心里都没数,听我跟你一样一样说。"他说,"你喜欢一个人自言自语,你喜欢对植物、动物甚至路边的椅子打招呼。比如:'嗨,伙计,你今天感觉怎么样?''嘿,老兄,你看上去精神不错!噢,这该死的天气,真是糟透了,你应该早一点回家的。'诸如此类,你说这些话就算了,你能不能不要用央视的翻译腔来说?害得我每次站你旁边都好想笑,又不想惊扰你,只能憋住,但你转眼又变回之前的样子。"

"这个我是知道的,其实我一直想要变成一个热情一点的人,可以自然地跟人打招呼。我喜欢跟它们打招呼是因为它们不会真的回应我,这样我就不会紧张了。"我跟他解释道。

"还有,你知不知道你做爱的时候经常走神?我那么投入那么卖力,这简直是对我的打击。最古怪的是:每次我们做完爱你都会非常正经非常严肃地跟我讨论各种古怪的想法和问题。"

他手舞足蹈着模仿我的表情和说话的语气。

"你嫌弃我?"我装作有点生气的样子。

"没有没有,就是觉得你特别可爱,不知道你脑子里一天都在想些什么?"

骆无穷赔着笑脸,把我的手放在他胸口上。

"其实你是不是也觉得我精神有问题?这些事我自己知道啊,但不觉得自己古怪。"我傲慢地说道。

关于那四场葬礼也的确是我在做爱的时候想起来的,我自己也不知道为什么会在做爱的时候想到葬礼的事。

"这个真的完全没有,只是觉得吧,你这本书有点复杂。你有时候很强势,有点喜怒无常,翻脸比翻书还快,脾气有些古怪。有时候特别热情,有时候真的比我还六亲不认。有时候又觉得你特别像个小孩子,大脑里都是奇思妙想。我真想看看你脑袋里装了些什么,想看看你的大脑是怎么运转的。"他若有所思地看着我说道。

"嗯，对我的缺点如数家珍。我都默默记下了，我心里有小疙瘩了。"我说。

"哪儿？我看看，这么大人了心眼儿还这么小！"

"又多了一个小疙瘩！"

骆无穷把手伸向我胳肢窝，我痒得在床上滚来滚去。

辞职后，我就跟骆无穷过着不羡鸳鸯不羡仙的日子，安排约会、做饭、看电影、逛街、看展览……我感觉到了放松和愉悦感，尽量不去焦虑工作的问题。

我跟骆无穷俩人都不上班，我不问他工作的事，他也不问我。我有一些存款，还是感慨以前花钱太厉害，存款最多能支撑我半年没有工作。高伟欠我的钱基本上短时间内指望不上了，公司维持在收支平衡的状态。不过我也没有真打算在半年后再找工作，只想放个小长假调整一下状态。

不工作之后，我的焦虑症得到了很大程度的缓解，相应的躯体反应也逐渐消失。我不再呕吐、心悸和神经刺麻，胃口变得很好，甚至觉得我应该考虑一下减肥。

我的身体很久没有这样健康过了，我很感激骆无穷陪伴着我走过了那段漆黑寒冷的时光。他很谦虚地拒绝了我的感激，他说我原本就很勇敢，即便没有他，我自己也是可以走过来的。

已经到了一月下旬，很快就是情人节和我三十一岁的生日，第二天便是大年夜。春天真的要到来了，我显得有些兴奋，但我想在新春之前把我的工作安排好。

小野对工作感到了厌倦，想做点自己的事，在我辞职之后不久他就跟着辞职了。辞职之后他开始谋划公众号的事，也算上了我一份。他到我家来找我商量公众号运营的细节和公众号的内容定位，我们打算试一段时间。

对于这件事我们显得信心满满，因为我们的社交账号累积了一批粉丝，我们日常文章的阅读量也可以轻松达到五万以上，上了热门的文章可以达到十万以上，我们只需要靠现在的平台把粉丝转移到公众号上就可以维持下去。并且我本身做了五年的运营，也许运营一家公司让我感到吃力，但运营一个公众号我还是有把握的。

有时候小野来找我，骆无穷也在，小野是性格热情的人，他好像跟谁都能聊两句，跟谁都能扯上点关系。我们三个会一起聊聊天，但大部分我跟小野聊工作的时候，骆无穷都在书房里捣鼓他自己的东西，有时候会给我们点咖啡和一些小吃。

小野问我："你什么时候又换男人了？"当然这个时候骆无穷不在。

"什么叫又？这次我是认真的。"我说。

"你哪一次不说自己是认真的？"他反驳道。

小野对骆无穷是爱屋及乌，对他保持友好，又保留了一点同情，如同怜悯一个将死之人，因为男人在我身边不会留过三个月。小野一直认为是我无情无义地抛弃了他们，因为我无法说出跟他们分手的原因是：我才是那个不被爱的人。

骆无穷倒是不介意我身边有一个如同姐妹又如同兄弟一样的男人，他极少过问我跟小野的事。开始尝试做公众号之后，我进入了写作的状态，跟骆无穷也没有那么黏糊了。大脑的损伤让我写作效率极低，第一周的时候只写了两篇。而且公众号跟我们想的完全不同，他们相对更喜欢简单粗陋的快餐文化，比如娱乐八卦、星座、情感类，对文学完全没有耐心看下去。

我跟小野寻思着要不要改变一下内容风格，低俗的我们也是可以写的，想了几天还是没有下得去笔。在写作方面我天赋平平，但这一直是我情绪或感情的倾泻口，好像是比钱更珍贵的东西，这一点小野也这样认为。

虽然公众号做得不太顺利，我也没有因为这个过于忧虑，好像做自己喜欢的事无论赚不赚钱都挺开心的，可能因为我目前还没有到太需要用钱的地步。

骆无穷的极简主义理念影响了我，让我每个月省了一些钱，我不再乱买东西，那种一时兴起的东西就不买，可买可不买的东西也不买。

骆无穷身上有一种断舍离的清爽感，没有臃肿膨胀的欲望。断舍离之后留下的都是自己最需要的，我不需要穿一两次就不会再穿的衣服，不需要那么多包装和标签贴在自己身上，也不需要那么多的社交和朋友，能留在身边的必然是自己真正热爱的。

赵心怡和我有一周没有联系了，一周前她跟刘聪的事再次在她家里掀起了家庭风暴。她妈妈把她还跟刘聪在一起的事告诉了她爸，之后的事情就是前两次事件的升级版。她跟她爸妈表示他们暂时会分开，刘聪跟她爸妈也是这样保证的，他会努力直到他们接受他。

当我知道这个事的时候我问她："为什么不抗争到底啊？这样一说以后你们两个要再让他们接受就更难了，现在事情已经不能更糟了，为什么不再坚持一下呢？"

赵心怡在电话里跟我说:"这远远不是最糟的时候,我对他们以死相逼都没用。他们说宁愿我去死,也不想看见我丢他们的人!我扛不住了,我压力太大了。"

之后赵心怡为了逃避她父母每天的微信、短信、电话轰炸直接关了手机。她关手机之前跟我说她想暂时逃避一下,叫我不要给她打电话,她接不到的,她不想看任何信息也不想听见电话响起。

我提出去她家找她,她一口拒绝了,说不想见人,求我别去。我心想还有刘聪陪着她,两个人需要一些独处的空间慢慢平复在她父母那里受到的伤害。

再次接到赵心怡电话的时候,我正在和骆无穷在熊猫基地看熊猫。她很激动地哭着对我说:"刘聪要跟我分手,他说跟我在一起压力太大了。"

"他人呢?"我问她。

"他走了,我立马追出去已经找不到人了,我给他打电话他把电话关了,我已经开车在附近找了他两个小时了,我找不到他。阿雅,我该怎么办?"赵心怡一边哭一边哽咽着跟我说。

听见赵心怡哭,我心里有些隐隐担忧,我想这一次他们要面临的问题比以往都严重。

"我先不跟你说了,你别急,我先给刘聪打个电话看下他电话能不能打通。"

"嗯嗯,那先不说了。"

挂掉电话之后,我满腔愤怒地给刘聪打电话,但电话依然关机。如果一个男人存心让对方找不到,那就很难找了。

我给赵心怡打电话说:"我马上开车过来帮你一起找,他在成都只有我们几个朋友，他肯定不会来找我们，他没有地方去，除非他马上买票离开成都。网吧你找了吗？他可能去经常去的网吧打游戏去了。"她说："附近网吧都找过了，都不在。肯定找不到他了，他走了不会再回来了。"

我心乱如麻，我说："你先回家，我过来找你，你别开车到处跑了。"

"你别过来了，我自己去找他就好了。"赵心怡说。

"我现在开车过来，可能要近一个小时，我出了绕城之后跟你说，你给我个位置，我过来找你。"赵心怡的状态让我很担心。

"谢谢你，阿雅。我求你，你别过来了！"赵心怡说完就挂断了电话。

我再打的时候已经打不通了，我拉着骆无穷就去了停车场。我坐在驾驶位让他上车，他说："你下来，我来开，你一会儿好方便打电话联系，我开车比你快。"

我想我是急晕头了，我解开安全带换到了副驾驶。我一路给赵心怡打电话，电话还是打不通。我马上给谢薇薇和苏千万打电话说了这个事，让她们先去她家看看她在不在，然后再给我打电话。

没一会儿谢薇薇给我打电话来说赵心怡家里没有人，我们几个分头去找。我们开着车在我们经常去的地方转悠，去我们常去的咖啡馆、茶馆一家一家挨着找，直到晚上十点还是没有找到赵心怡，也没有看见刘聪的影子。

骆无穷把车停路边说："我去买点水和吃的，你休息一下。"

我垂头丧气地点了点头,已经晚上十点,我们找了整整六个小时,谢薇薇和苏千万那边也没有消息。找一个人如同大海捞针,我心里有些不好的预感,但我不敢想也不敢说出口。我只想尽快找到心怡,陪在她身边才能让我安心,我不停地拨打她的电话,电话里传来的还是让人绝望的"你所拨打的用户已关机"。

骆无穷买了水和面包回来,我喝了几口水,看着面包也没有胃口。骆无穷也很沉默,脸上已经很疲累了。

"一会儿我来开车,你休息一下。"我说。

"没事的,不累。"骆无穷说,"你吃点东西才有力气接着找。"他把面包递给我。

我咬了两口,干涩的面包让我难以下咽,喝了两口水才吞进去。他吃完面包说:"或许心怡不在这一片,你想一想她还可能去哪些地方?"

我闭着眼靠在座椅上想,赵心怡可能还会去哪里?我发现我的记忆全是碎片,无法形成完整的记忆,从来没有像现在这样因为记忆缺失而对自己无比憎恶。

"我们去太古里看看。"我说。

我跟赵心怡经常在太古里玩,太古里在市中心,我们俩住在不同的方向,往中间走大家都比较方便,另外太古里可以满足我跟她所有的需求,购物、吃饭、喝东西、看电影。

十点半后的太古里很多店铺都已经关了门,天冷本来人就不多,我在一楼我们常去的咖啡馆找了一遍,都没有看见赵心怡。

我坐在喷泉旁边的石墩上,我不知道还能去哪儿找。

"要不先回家吧?可能她一会儿就主动联系你了呢!"骆无穷说。

"我想去她家楼下等她。"

"好,放心吧,没事的,一会儿她就回家了。"

我们又从市中心开到了赵心怡家楼下,我去她家敲了门,屋子里仍然没人。我给谢薇薇发了微信说我在心怡家楼下停车场入口旁边,看能不能等到她回家。谢薇薇打来电话问:"我们要不要报警?"我说:"失踪不是要二十四小时才能报警吗?"她说:"不清楚,可以试试看行不行。"我说:"好啊。"

没过几分钟谢薇薇打来了电话,她有些语无伦次地说:"心怡半个小时前在龙泉出了车祸,交警已经赶过去处理了。"

我颤抖着说:"具体位置,我马上赶过去。"

谢薇薇给我发来了地址,我颤抖着拿手机给骆无穷看地址:"快一点,心怡出了车祸。"我话还没有说完眼泪就掉下来了。

"没事的没事的,我开快一点,可能不严重的。"骆无穷一边安慰着我,一边手忙脚乱地打火,挂挡。

他按照导航一路狂奔过去,在高速路上我一直催促他快一点,再快一点。我脑子里一片混沌,那一刻我希望有神明的存在,可以听到我心中的祈求。我愿意忏悔过错,虔诚皈依,只愿赵心怡没事。

当我们到达的时候,看见赵心怡的车撞在了一辆大货车上,警车、救护车停在旁边。警察拉起了警戒线,驱散开围观的车和人。我下车冲过去,警察把我拦在了警戒线外面。我看见医院的人和警察围着赵心怡的车,我哭喊着要过去。

骆无穷冲过来抱住我,问警察:"人怎么样了?"

警察摇了摇头说:"当场死亡。"

我只觉浑身发软无力,只有喉咙能发出凄厉的哭喊,这种痛像是把我整个人都撕裂了，把我的心和灵魂撕得稀巴烂，让我想嘶喊、想呕吐，我两眼一黑晕了过去。

我醒过来的时候躺在医院的病床上，骆无穷坐在我旁边，我多想我睁开眼看见的仍然是赵心怡。

我坐起来拔掉了氧气管子，骆无穷叫我别动，我说我没事了，然后拔掉了输液管子。

"心怡呢？"我话一问出口眼泪就忍不住地流下来了，骆无穷把我搂在怀里，我靠在他身上哭。他轻轻拍着我的背说："被接走了，谢薇薇去警局处理了。"

"我想回家。"我的心好像被人活生生给剜掉了，除了哭我什么都做不了。

骆无穷去缴完费就把我送回了家，路上我只是流泪，他伸手把我的手握在手里，沉默无言。

到我家门口的时候，我掏出钥匙链给他看："这是心怡送给我的。"进门之后我把心怡送我的东西一样一样找出来给骆无穷看，"这个包、这个杯子、这副碗筷、这条丝巾……都是心怡送我的。"

骆无穷抱着我，一句话也没说。

我不知道自己哭了多久，只觉得哭得很累，脑袋很疼，每一根神经都紧绷着，轻轻拨动一下就会让我崩溃。

"你说如果我每天多关心一下心怡，知道她的状态，她会不会就不会死？"我问骆无穷。

"跟你没有关系的，你不要把责任都揽在自己身上。"

"我不是一个称职的朋友，我习惯了别人围着我转，但我不知道怎么去关心别人。"我说,"在认识心怡之前我没有什么朋友,也不知道怎么做一个朋友,是她教会了我怎么跟别人做朋友,怎么跟别人相处。"

我想起第一次见到心怡的时候,她为了见我精心打扮了,站在我面前那么美。开始我总是疏远她,我拒绝她进入我的生活,这像是我的本能一样,我对所有人都这样。但她不介意,依然对我那么热情,有好吃的好玩的都约我一起。我抑郁症那么严重她也不介意,她总是想方设法地关心我让我开心。

她吃饭总会点很多菜,我教育她说太浪费了,根本吃不完。她总是换着不同的好吃的让我可以多吃一点,好像为了我,她做什么都是值得的。

慢慢地我接纳了她,我们一周总有四五天都在一起。那时候我没买车,她不管多远都来接我,不管多麻烦都要送我回家。我们经常在太古里喝咖啡,我记得她在十一月的天气仍然坚持光着腿穿裙子,因为那时候我要抽烟只能坐室外,她冷得发抖也要陪着我。

那时候她还没有和刘聪在一起,我看见过她的落寞,看见过她的无奈,看见过她努力地去追寻她的爱情,然后一次次地失望。

后来她跟刘聪在一起后,我终于觉得她找到属于她的爱情和幸福了。我自觉地给他们留私人空间,但她还是频繁地约我跟他们一起玩,怕我无聊怕我觉得她谈了恋爱之后就被冷落了。

她跟刘聪谈恋爱偶尔也会吵架,她会跟我吐槽,我总是叫她温柔一些、宽容一些。她说我把她变成了一个她都看不起的人,为了一个男人这样委屈自己。

因为我看见过她的寂寞，我也看见了她有多爱刘聪，我知道相爱有多难，我不想让她后悔。我总开玩笑跟她说，你们谈恋爱，我比你们还辛苦。我想他们能白头偕老，我想好了送给她什么样的结婚礼物，想像她的亲姐姐一样看着她结婚生子。

现在如果可以，我只想她可以无病无灾，长命百岁。

每年我生日那天，零点一过，她都是第一个给我发红包的人，我知道她看着手机准备着，等时间跳到零点的那一刻给我生日祝福。然后她会给我发一段很长的话，她把我看得那样重要。

这些事我从来都没有为她做过，可是这一切都来不及了。我想不到我还为她做过些什么，在她最需要我的时候我什么也没有做到。

跟赵心怡认识的点点滴滴我都想起来了，以前总觉得她像我妹妹一样，有什么事都喜欢跟我说，遇到麻烦了总会向我询问意见，她觉得我很厉害。其实一直是她在照顾我，对我无微不至，无论我想做什么，她都是第一个支持我的人。

"我想睡觉。"我对骆无穷说。

"嗯，睡吧。"他轻轻拍着我的背。

之后的三天我除了喝水和上厕所一直在睡，可是赵心怡没有出现在我的梦里。如果真的有灵魂存在，那她一定是对我失望至极才不愿意到我的梦里来。

睡醒之后我给谢薇薇发了微信问心怡的事，她说交警那边的处理结果是：心怡超速闯红灯，她的全责。

她通知了心怡的父母，刘聪也知道了。我没有再说话。

骆无穷这几天一直守着我，他看见我醒了问我要不要吃点东西。

"我吃不下。"

"那喝点牛奶。"他说。

我点了点头,他给我热了牛奶递给我。

"我想起一个故事,你想听吗?"我问骆无穷。

"想啊。"他坐到我旁边,摸了摸我的脸,他的手很温柔。

"我一个朋友的妹妹订婚之后跟未婚夫坐游轮旅游,我朋友也跟着去了。他妹夫是一个性格开朗的人,跟谁都能玩到一起,人也挺好的。就是有一个毛病:爱打牌。他妹夫在游轮上很快就跟其他游客混熟了,经常一起打牌,总是打到深夜才回去睡觉。

"有一天早上他妹妹敲他的房门问他,有没有看见她未婚夫。他说,没有啊,昨晚上他没有回来吗?他妹妹就哭了,说昨天晚上她赌气把门反锁了。她以为未婚夫会去他那里睡觉。他们很着急地去问跟她未婚夫一起打牌的人,他们都说昨晚上确实在一起打牌,打到凌晨三点多才散。

"后来他们推断的是:他回不了房间就想从甲板外翻窗户进去,但没有想到她把窗户也关了,然后他可能掉进了海里。

"游轮展开紧急搜索,但一直没有找到人。晚上他妹妹找到他,说她未婚夫已经死了。他安慰她说可能是被其他船救了也不一定。她说,不会的,我又梦见那朵黄色的花了,他肯定死了。

"他妹妹一直觉得自己是一个不祥的人,她每次梦见那朵黄色的花,家里就会有一个人去世,这件事除了他没有其他人知道。

"第二天他去敲他妹妹的房门叫她吃早饭,一直无人开门。他很着急,找工作人员把门打开了,他妹妹留了遗书,跳海自杀了。他妹妹说是自己害死了未婚夫,她要陪着他。

"没有多久,他接到了她未婚夫的电话,他确实是掉进海里了,但被附近的渔船救了,渔民把他救回了渔村。那里很穷,没有通信设备,他走了三天才走到集市打电话回来。

"那时候他才明白,他妹妹梦见的那朵黄色的花是她自己。"

我说完看着骆无穷问他:"你相信宿命吗?"

"相信,因为这样可以让活着的人好受一些。"骆无穷说。

这时候我才真的理解了骆无穷,我跟他在这件事情上感同身受,我体会到了生离死别的痛苦。

其实,我怎么会不知道大量的精神类药物和酒精混合服用是会死的?那一次我确实是想自杀的,是赵心怡救了我。如果那一次我死了,那饱尝这种痛苦的人就是赵心怡,她也会哭,会自责,会不知道怎么熬过这种撕心裂肺的痛。

死亡对于我来说更像是一场最后的抗争,抱以死的决心让自己获得安宁和自由。患抑郁症之后我就不再恐惧死亡,那会是我大脑做出的最后一个决定,是我自由选择生死的权利。

这三十年我尝过很多的苦,那些细碎的、巨大的、隐忍的、绝望的、生离死别的、生而为人的苦。

但那次住院之后我明白了,除了这些苦,我还得到了朋友给予我的甜,给予我的光与爱。我同样想回馈给他们这些,这些就是我生命里很重要的意义。

我曾以为我已看透了生死和无常,但我现在无法接受心怡已经离开我的事实。如果我死了,我带给家人和朋友的痛苦他们要怎样才能消磨掉?这些并非我所愿意看见的,我更希望他们不要悲伤,我想更自私一点,让他们为了我可以继续开心地生活下去。

"我饿了,我想吃面。"我对骆无穷说。

"我去给你煮。"

我靠在床头,回忆汹涌而来,我的记忆不再是碎片,好像过去的三十年我都记起来了。

骆无穷煮好了煎蛋面放在床头柜上说:"我做得不好吃,你将就吃一点,一会儿我们出去再吃点其他的。"

我起床披上衣服,把面端去了客厅吃。我嘴太苦,也吃不出什么味道,我大口地把面塞进嘴里,赵心怡经常说我吃得少,总是担心我胃口不好。眼泪大颗大颗地掉进碗里,我端着碗蹲在茶几旁哭。

赵心怡的葬礼安排在一周后。

我穿了一条黑色的裙子,外面是黑色的大衣,黑色的高跟鞋,只是我没有穿丝袜。我想起她大冬天的时候也是这样的穿着,陪我坐在室外的咖啡馆喝东西,她跟我说爱美的女人是不在乎季节的。

快到春天了,空气里还是刺骨的寒冷。赵心怡的遗像放在灵堂正中间,她笑起来很好看,眼睛弯弯的像一轮新月又像一汪泉水。我去鞠躬行礼,赵心怡的妈妈看见我又忍不住哭了起来,我忍住眼泪叫他们节哀。

谢薇薇和苏千万也憔悴了很多,我们相对无言,我拥抱着她们,三个人都在颤抖着抽泣。

我问她们:"刘聪呢?怎么没有看见他?"

苏千万说:"进来就被心怡的爸妈和亲戚赶出去了。"

我从灵堂走出去的时候,看见刘聪站在外面抽烟,他看起来消瘦和呆滞。他看见我走出来想对我说点什么,张了嘴还是没有说出口。我从他身边走过,没有跟他打招呼,只是看着他。

我知道他对于我来讲已经不是朋友了,我也不想把他当仇人,从此以后我们形同陌路。我不想恨他怨他打他骂他,我知道心怡不愿意看见我们反目成仇,但我也无法原谅他。

他辜负了她,他的软弱和逃避让一个真正的爱情主义者走上了穷途末路。

或许我把这些责任都推给他是不对的,心怡父母的责任无法推卸,但真正让心怡情绪失控的人还是刘聪,他是害死心怡的罪魁祸首。对于心怡来说,她挣脱了原生家庭的捆绑和一段让她无望的爱情。她不再是谁的女儿,也不是谁的恋人、谁的朋友,她是自由的鸟,飞向了缈缈青空。我希望她不要再回望这个世间,这里已没有什么值得她留恋的,也包括我。

我拒绝了骆无穷的陪同,有一些痛苦是内心隐秘的秘密,不愿被人看到也不想要人分担。他对我的照顾无微不至,我心里很愧疚。心怡的去世多少会让他想起他妈妈的事,我的痛苦在一定程度上唤起了他记忆里的痛苦,我们需要各自安静一些,勇敢一些。

从葬礼上离开之后,我回到家里把心怡送给我的东西全部放进了纸箱,封存在衣柜最高的那一层。我把家里整理清洁了一遍,我用这些繁琐重复的劳动来欺骗我的大脑,这样可以暂时停止思考。

关于生与死的问题,我曾经思考过很多。我的悲观似乎是与生俱来的,如果可以有选择,我宁愿选择没有来过这个世界。小时候我常会谈到梦想,会幻想关于自己的未来。那时候的同学们会想自己以后是英雄、登上月球的科学家、孙悟空。而我只想避世而居,桃花源内,闲散一生。可是我不敢跟任何人说,我怕他们觉得我是一个奇怪的小孩。

长大后我们都属于大多数人，都是被时间和世俗所裹挟的人，在生活里沉浮挣扎的普通人。

　　得了抑郁症之后，我时常厌恶自己，我想成为任何一个人，除了我自己。我厌恶那样病态的自己，却又无能为力。世上本就不存在清静之地，而是乌托邦破碎后的镜像，让我们看见自己的丑陋和软弱，也让我们无处可躲。

　　对于我来说，我曾幻想过的桃花源就是那座埋葬我的坟墓。就如我跟骆无穷说的那样，将我葬在落根树下，把我的名字刻在树上，再在旁边种三棵桃树，不要祭奠我，也别让眼泪惊扰了我的魂魄。

我可能得抑郁症了！

第十一章

立春

二月四号是立春,我想起了关于王彩玲的立春讲话,这是我听过的对于立春最贴切的描述。

"立春一过,实际上城市还没啥春天的迹象,但是风真的就不一样了。风好像在一夜间,就变得温柔潮湿起来了。这样的风一吹过来,我就可想哭了,我知道我是自己被自己给感动了。"

往年立春一到我就变得特别亢奋,觉得自己有很多事情要做,很多感受都被放大了,情绪上大喜大悲。成都的春天只有短短数日,所以这种感觉来得快,去得也快。春天对我来说就像一剂兴奋剂,药效过了之后,这些情绪都归于平静。

赵心怡离开我半个月了,我不再哭,也笑不出来。我只想告诉她,我很想念她。

快要过年了,很多人都忙着置办年货,年味弥漫在大街小巷里,超市和商场都张灯结彩迎接新春。楼下巷子里很多小摊贩拉着春联、灯笼贩卖,一车车红色的年货看着很喜庆。

我问骆无穷:"春节打算怎么过?"

他耸耸肩说:"还没打算,你呢?"

骆无穷跟他奶奶的关系因为我的存在一直僵持着,他们互不退让,骆无穷很明显没有打算去他奶奶那里。

我想过带他回我家过年,但想想又觉得不妥,如果我带他回去,我的父母肯定会问我们的婚事,而目前我还没有结婚的打算。

"我也不想回家,要不我们就在成都过吧?"我说。

"你不用专门陪我的,其实过年对于我来说跟平时差不多。"骆无穷说。

"你这是拒绝我吗？我想跟你在一起过年，再说了十四号就是情人节了，这是我们在一起过的第一个情人节呢。"

"成都也没什么好玩的，不如我们出去玩，这段时间看你闷闷不乐的，我们一起出去散散心。"

"好啊，我们去哪儿？"

"这个问题我们得好好想一想。"

"要不我们去峨眉山吧，我想去看看雪景和日出。"

"好啊，我这个成都人也没有去过。离成都也近，不用在路上耽误太多时间。"

在我看来，从成都去峨眉山基本算不上是旅游，就好像是工作日换了另一条街去吃午饭一样。可是在成都这么多年我都没有去过成都周边的景区，工作日也没有换过一条街吃午饭。

巧合的是，在朋友圈看见有人推荐了峨眉山的一家新开的民宿，照片看起来很清净，装修风格是日式的简洁风格，房间还有天然温泉。我在网上查了一下这家酒店，周围环境非常好，离金顶也不远，于是打电话预定了二月十三号到十六号的住宿。

骆无穷开心得像是准备去春游的小学生，积极地做旅游攻略。我是那种很怕繁琐的人，旅游之前只会简单了解一下当地有哪些出名的景区，去了之后随机去一两个地方。

他拉着我去超市买了很多的零食、饮料和啤酒。他把去峨眉山要用到的东西和零食都放在他车子的后备厢里，这像我们期待已久的一次旅行。其实也不过就去三四天而已，根本用不着准备那么多东西，而且又不是去野外，很多东西在当地都可以买到。

骆无穷问我，最想去哪里旅游？我说，我喜欢星空、云海、日出和极光。他说，那以后我们都一一去看。我问他最想去哪里玩,他说想去芭提雅和阿姆斯特丹。我白了他一眼说,你心思很活络啊?他说,我只是想研究人类的起源啊。我说研究人类起源应该是去研究智人,而不是去红灯区。他说,都差不多嘛,不要在意这些细节。

为了避开春节的出行高峰,我们选择了十三号的凌晨三点从成都出发,走成雅高速到峨眉山。凌晨三点,高速路上乌漆麻黑,我有点紧张和兴奋。只是没过一会儿空调暖气吹得我昏昏欲睡,开始还和骆无穷聊天,很快就睡着了。几个小时的路程就是醒一会儿睡一会儿,到峨眉山山脚的时候已经九点了,我们在黄湾找了小店吃早饭,看着这座佛教名山有些震撼,山下一片青翠,山上却是白雪皑皑。峨眉天下秀,果然名不虚传。

按照骆无穷做的攻略,我们要先去雷洞坪,然后步行至接引殿坐缆车上金顶。从黄湾到雷洞坪需要两个小时的车程,山上的积雪越来越多,又全是盘山路,所以路程上多花了一些时间。我看着车窗外白雪皑皑有些兴奋,雪啊,我已经很多年没有看过雪景了。

到雷洞坪把车停好,骆无穷整理要带上山的东西。我兴奋得在雪地里撒欢,我想在雪地里打个滚儿,奈何人太多没能让我如愿。

"果然是南方人,看见雪这么激动。"骆无穷说。

"我还是小时候看见过这么大的雪了。"我抓了一把雪在手里紧握着。

"你这样不冷吗?"

"不冷啊。"我摇摇头。

我们从雷洞坪开始步行去接引殿,我边走边玩雪,白雪积压在翠绿的松叶上,显得更加青翠怡人。

"快看,有猴子。"骆无穷对我说,他手指着前方围栏的方向。

有两只猴子蹲在围栏的木桩上，等路过的人投食。据说峨眉山的猴子特别厉害，经常发生抢劫游客的事件，最好不要去招惹。景区也有指示不要投喂零食，因为这些猴子体重超标了，需要减肥。

所以我们只是看看，跟所有游客一样掏出手机从各方位给猴子拍照。猴子对我们爱搭不理的，它们在这座名山上看过太多像我们这样兴奋不已的游客，已经见怪不怪了，看见人也不躲不避，它们俨然是这里的主人。

走到接引殿，我们等着坐缆车上金顶，也有一些零散的游客选择爬山步行上去，而我肯定是没有这个体力爬上去的。一起等缆车的还有两个和尚，缆车开门了，他们双手合十向我们行礼示意让我们先上缆车，我们也还礼表示感谢。

坐在缆车上俯瞰山下，巍巍峨眉，被皑皑白雪装点出沉寂庄严的美，山上弥漫着白色的雾。骆无穷紧紧抓住我的手，我感觉他的手心在发烫冒汗。

我惊讶地看着他问："你恐高？"

"嗯。"他点头说道，不敢把头转向缆车外面。

"哈哈哈……我还以为你没有弱点呢。"我看见他紧张的样子忍不住笑了起来。

"这个事一点都不好笑，我好怕啊！"他涨红了脸说道。

"不怕，有我在呢。"我捏了捏他的手。

"我觉得我们俩又拿错剧本了，我是男人呢！"他有点不服气。

"又没有谁规定男人不能恐高。"我说。

"这倒是，还好有你在，要不然我可不敢一个人来坐缆车。"骆无穷说道。

我看着他的样子，觉得很可爱，短短五分钟对他来说真是漫长的煎熬。快到山顶时，雾气散了很多，缆车下的雪松簇拥眼前。

下缆车的时候他松了一口气，我抬头看见山顶云雾散去的湛蓝天空，十方普贤菩萨像在阳光中神圣而慈悲，四周是圣洁的白，那一刻我们被这种难以用语言形容的美震撼了。我突然很想哭，我感受到了佛的慈悲，渡我苦难，不复轮回。我想摈弃凡尘俗世，跪拜在这慈悲之下。

我是一个没有宗教信仰的人，可我却在此刻感受到了佛教的伟大，内心仿佛绵延出了众生皆苦的慈悲和明亮之心。我痴痴地站了一会儿，去寺庙参拜完才下山前往落脚的民宿。

往民宿的路越走越荒，石阶上脚印稀疏，开始我们都怀疑走错路了，直到一座院落式的民宿出现在我们面前，核实了一下名字确定没有走错。

这家民宿是两层楼高的院落，全落地窗和原生态的砖木结构融合，庭院里的积雪被清扫过，露出用木头铺成的小径。院落里参差不齐的几棵树种在小径旁，树枝上挂着冰，一条溪水贯穿庭院，溪水边的杂草上积满了雪。

整家民宿跟我看见的照片差别不大，我们去大堂办理了入住，酒店用了原木和落地玻璃装饰，显得质朴明亮又充满禅意，酒店里的暖气也很舒服。服务员把我们领进了客房，给我们介绍了一下房间里的温泉池子。

骆无穷把东西一放，脱掉外套就倒在床上，开这么长时间的车，加上睡眠不足，他应该很累了。

我去把温泉池子里的水放好，准备泡个温泉，好好休息一下。我站在镜子前，突然一个激灵，我凑近镜子把一缕头发拈起来，发现我长了一根白发。我想我真的是老了，我偷偷拔下那根白发，拿手里仔细看了看，然后放进了我的化妆包。

房间也是落地窗设计，温泉池子用草帘遮了起来，我看着民宿外面的那片荒地，心里紧了一下，一片孤零零的坟头露出雪地。

"君埋泉下泥销骨，我寄人间雪满头。"我想起心怡，鼻子忍不住发酸。

"你在干吗呢？"骆无穷站在我身后问我。

我收了收情绪，吸了一下鼻子。

"我们入住了峨眉山的特色温泉坟景房。"我转过头看着骆无穷说。

他凑过来，看着外面那片坟墓激动地说："真的是坟景房，刺激刺激！"

水放好了，池子里扑腾着热气，我把草帘子放下来说："别看了，泡个澡，休息一下好吃晚饭。"

"好。"骆无穷把衣服脱掉，跨进池子说了一句，"哇，好爽！你也快来！"

"瞧你那副色眯眯的样子。"我说。

我去拿了浴巾和浴袍，还拿了两罐啤酒放在池子旁边。我背过身去把衣服脱掉，然后裹上浴巾，等跨入池子才解开浴巾放在旁边。刚从外面冰天雪地里进来，身体冻得有些僵，温热的泉水让身体暖和了起来。

"都老夫老妻了，还害羞啊？"骆无穷看我遮遮掩掩地跨进池子里说道。

我不喜欢男人直视我的身体，让我感到慌张和羞涩，即便这个男人是我男朋友，我仍然无法自信地将这副贫瘠的身体坦然呈现在他面前。

"你有没有觉得我最近老了很多？"我问骆无穷。

"没有啊。"

"我刚才发现我长白头发了。"

"我以为什么大事，长白头发多正常，美人也有白头时。你满头白发的时候依然是美人，而我却是一个弯腰驼背的糟老头了，你可别嫌弃我。"他说。

"明天我就三十一岁了，而你还是二十多岁。"我有些感慨。

"那证明你有魅力啊，三十多岁依然可以让我这个二十多岁的男孩子爱慕不已。"

骆无穷打开一罐啤酒递给我，自己也开了一罐喝了起来。我接过啤酒，透过草帘的缝隙看着外面那个银装素裹的世界，觉得这样的生活也挺好的。

"嘴巴这么甜，吃蜜啦！"我说。

"我嘴巴一直都这么甜，你要不要尝尝？"

"不要，你这个死色鬼。"

骆无穷作势靠近我，我扬起水泼他脸上，嬉闹了一阵，温泉水加上酒精的催化，浑身燥热。

"我不泡了，太热了。"我起身，身体被泡得绯红，我擦干水珠，裹上浴袍。

"我也不泡了。"骆无穷也跟着起来了，裹上了浴巾。

我看着他的身体，结实匀称，有那种年轻人特有的鲜活之力。

"瞧你那副色眯眯的样子！"骆无穷不甘示弱地回了我一句。

"还不是怪你太骚！"我说。

"还有更骚的要看看吗？"他对我挑了挑眉说道。

"滚蛋。"我把目光从他身上移开。

"总是这么翻脸不认人，刚还直勾勾看着人家，现在就叫我滚蛋。"

"把浴袍穿上，别着凉。"

我把浴袍扔给他，他裹上浴袍跟我躺回了床上。外面天色已经暗了下来，我问："饿了没？"

"当然饿了啊，中午就没吃。"骆无穷有些委屈。

"那我们去吃饭吧。"

我们换了衣服去餐厅，这家民宿是素餐，餐具和食物都很精致。因为没有肉食，骆无穷吃得三心二意，我倒是觉得偶尔吃素可以清清肠胃。吃完之后我拉着骆无穷说出去逛逛，骆无穷说："外面太冷了，我们回房间吧。"

"我们散散步就回去，好不容易出趟门，看看峨眉山的夜景也好啊。"我说。

"哦，好吧。"

民宿灯火通明，显得外面更加的荒凉，四处寂静无声，连个人影都看不到，寒意顿生。我走了不远就看见在房间里看见的那片坟地，我用手指着说："看，这就是我们看见的坟景。"

骆无穷紧紧抓住我的手不放，小声说："我们回去吧。"

"你不会是害怕了吧？"我抬头看着他的眼睛，他露出很无助的眼神，我又忍不住笑了。

"我一个男人怕黑有什么好笑的？"骆无穷说道。

"哈哈哈哈，不好笑，恐高不好笑，怕黑也不好笑。你说吧，你还怕什么？"我笑着问他。

"没有了。"

"真的没有了？"

"好吧，我还怕蟑螂和老鼠。"

"哈哈哈哈……不好意思，我不该笑的。"

"你就没什么怕的吗？"骆无穷问我。

"我怕失去你。这个答案标不标准？"我戏谑地说道。

"我只想听前半句。"骆无穷撇了撇嘴。

"走啦，回去了！"

"嗯嗯，早就该回去了。"骆无穷拉着我的手说，"慢一点，小心滑。"

回了房间，骆无穷翻出他买的零食，拿了一袋麻辣牛肉干吃起来。我打开电视，坐他旁边吃薯片。

"我说要多买些零食吧，你看这鸟不生蛋的地方，一会儿我还得泡碗泡面吃。"骆无穷一边吃一边说道。

"明天我们几点起床去看日出啊？"我问骆无穷。

"四点半我们就要出发。"他说。

"这么早？"我很疑惑地问道。

"我看了攻略了，晚了就看不到云海和日出了。"他说得很肯定。

"那晚上我们早点睡，昨天起得太早了，都没睡好。"

"你困了吗？"骆无穷问我。

"没有，我睡了很久。怕你没睡好，还开了这么远的车。"

"我觉得精神还挺好的，你别一个人先睡了，住坟景房我有点怕。"

骆无穷祈求地看着我，他有时候像个大男孩，有时候又像个小男孩。

"那我们聊聊天，聊到你困了我再睡。"我说。

"聊什么？"骆无穷问我。

"其实我们俩从来没有聊过关于未来的计划，不如我们聊聊今年的打算吧。"我想有些问题还是需要去面对的。

"我这两天其实也在想这个问题，你一直没问我，我也没提。我以前是学金融的，一个大学同学开了一家投资管理公司，想让我以合伙人的身份加入。不过工作地点在北京，我拒绝了。我想看看成都有没有什么适合的工作。"骆无穷说完喝了一口酒。

"很好的机会啊，你为什么不去？"我问他。

"你这不是明知故问吗？因为你啊！"

"可是你为什么之前不跟我说呢？我可以跟你一起去北京啊。"我说。

"在北京你一个朋友都没有，你胃口本来就不好，那边的饮食你肯定吃不惯。而且我在成都也可以找到不错的工作，养家糊口还是没有问题的。"

骆无穷说得云淡风轻，我也知道他是为了我才不回北京，我不觉得开心，只觉得压力很大。他为我放弃了他的亲人，现在又放弃了一个合伙人的机会。这种爱对我来说太沉重了，我怕辜负了他。

"你一个会计不要那么拽啊，有机会就好好把握。"

"我好歹也考过了注册会计师的，你居然小看我！"

"哟，一直没看出来，失敬了失敬了！"

"一点微不足道的小成绩啦。"骆无穷俏皮地说，"你呢？有什么打算？"

"打工是不可能打工的，我这身体不行，而且散漫自由惯了。公众号看起来也很难做，不过我还是想再试试。以前太浮躁了，我想踏踏实实地做一些自己喜欢的事，成不成功没有那么重要了。"我说。

"很好啊，张总需要会计吗？我愿意给张总打工。"骆无穷一边吃着零食一边问我。

"可以不给工资吗？"

"完全可以，我愿意为张总鞍前马后。"

"其实我觉得你还是应该回北京，那里的发展比成都好很多，我不想你为了我耽误了前途。"我说。

"你这么脱俗的一个人，现在怎么那么俗气呢。其实除了你，还有其他原因，成都是我的故乡，我也喜欢这里啊。人生很多际遇很奇妙，远远超出了计划。不过如果不是因为遇见了你，这次我可能真的会回去。"骆无穷说。

"可是，我不是一个靠谱的人。我习惯了自由浪荡的生活，我很怕约束，也很怕结婚。那天你朋友过来，你问我的话我听见了，但我不知道怎么回答你。"

我把啤酒罐拿在手上紧紧握着，这五年我从来没有想过结婚的事，这对我太遥远了。我不能一直逃避这个问题，这样对骆无穷来说太自私了。

"我从来没有想过要束缚你，你在我这里拥有一切的自由。我可以陪你浪，我也可以一直等。"他说。

"我不想耽误你啊！"

"我不觉得是耽误啊，两个人在一起不是一定要靠一些看起来靠谱的东西来维系。每年离婚的人那么多，他们也没有因为结婚因为一张证书或是一场婚礼就长长久久情比金坚了。"

"可是……"我不知道再怎么说。

"没有什么可是的,你想浪那我就陪你浪,你想要安稳,我们随时都可以安稳,你想结婚就结,不想结婚我们可以谈一辈子恋爱,除非你不要我了。"

"我不知道自己可以给你什么,又怕以后辜负了你。"我说出了我心里一直以来觉得亏欠他的想法。

"我一个会计最擅长的就是计算,我从来没有觉得你亏欠了我或是辜负了我。你也不用觉得你给予不了我什么,能和你在一起我已别无他求了,因为这个世界有你的存在,我的生命、生活、工作、感情,我所拥有的一切一切才真正有了意义和生命力。你总是说不能给我什么,可是你有没有问过我想要什么?我想要陪在你身边,其他的都不重要。"他说。

我不知道说什么,只是喝着酒。我时常告诫自己不要相信男人的鬼话连篇,但在骆无穷对我说这些的时候,我又觉得他说得很真诚。

一个人爱你话,他看你的时候眼睛是会发光的,这比任何甜言蜜语都更打动人,我看见骆无穷眼睛里的光芒像扑不灭的星星。

骆无穷抬起手看了看时间,然后下床去包里拿了一个礼品盒递给我。

"生日快乐!"他说。

我好奇地接过他给我的礼物:"我可以现在拆开看看吗?"我问他。

"当然啊,不过你别笑我。"他有些害羞。

"什么东西这么神秘?"

我把包装盒打开,里面是一个软皮的笔记本。我拿起笔记本翻开第一页，上面写着：张衍雅，生日快乐，乐无穷！

我接着翻开下一页，看了几行我愣住了。他笔记本的左边抄着我写的诗，右边是他翻译的英文。我往后翻，每一篇都是如此，他把我写的所有诗歌都翻译了一遍，每一行每一句，整整齐齐，一字不漏。

我一页一页地翻过，抬头看着他的时候，我已热泪盈眶。

"我爱你！"骆无穷看着我的眼睛说。

"我爱你"这三个字像充满魔力的咒语，仿佛我所受的苦难在这一刻都得到了补偿，让我这几年暴躁不安的灵魂顷刻安宁。

我的眼泪倾泻而下，骆无穷把我搂在怀里说道："我翻译了好久，有些词太晦涩了，我以后可以给你当会计也可以给你当翻译，我是不是很优秀？"

他不正经的样子又把我逗笑了，我拿过纸巾擤了鼻涕说道："这是我收到过的最好的生日礼物。"

"衍雅，其实无论你未来什么样，想去做什么，都不要怕。当个诗人也好，想去看云海星空也好，我只想让你知道，只要你愿意我都会陪着你。你不需要顾虑那么多，你永远都是自由的。哪怕有一天你要离开我，你同样有这样的自由。"骆无穷摸着我的头说道。

"我所谓的那些自由，我从来没有得到过，一直以来束缚我的都是我自己。以前我对自己极其苛刻，总想要通过成功来获得别人的认同，因为我自身无法认同自己。我想通过证明自己来获得幸福，从今以后都不必了，谢谢你！"我说完，仰起头轻轻亲吻了骆无穷的脸颊，"我爱你，那天晚上我跟你说的这句话也是真的。"

骆无穷像是一个得到了糖果的孩子，而我像是手上捧着他给我的一大捧五颜六色的糖果。

"我跟你说过其实我不爱叶穆了,这句话我也没有骗你。那时候我一无所有,能让我支撑下去的不是爱也不是欲,更不是励志鸡汤,而是贪嗔痴恨。一个人心中如果没有一点挂碍是很难孤独前行的,这个挂碍要么是爱要么是恨。

"那时候我不配去爱一个人,所以选择了恨,我更恨的其实是我自己,是我搞砸了一切。可是现在看来那个糟糕的时候也标志着一个新的开始,后来的我其实比以往任何时候都要好。

"也是因为那个糟糕的开始,我才认识了赵心怡和那些爱我的朋友,还有你。开始我一直怀疑你,我也怀疑所有说喜欢我的人、对我好的人。

"我疑惑你为什么会喜欢一个那么糟糕的我,一个自己都厌弃的我?疑惑你为什么会爱我,爱一个浑身都是瑕疵和裂痕的人?

"我怀疑一切,怀疑圆周率,怀疑科学,怀疑银河系是否存在,怀疑过乌鸦是阴谋论的拥趸。也是你让我相信了一切,相信了山的脊梁、相信了每一条河流带来的讯息,也相信了我自己。

"在这一刻我终于对自己释然了,我不用再沉湎于过去,对往昔的记忆并不能让我更靠近幸福。"

我一个人在喃喃自语着,其实骆无穷早已经累得睡着了。我的手抚摸过他的的眼睛、鼻梁、嘴唇,他迷迷糊糊地抱住我的手放在他唇边亲了一下,然后顺势把我的手放在他脸侧。我把头靠过去听着他平稳的呼吸声,觉得这一切都那么好。

我梦见了赵心怡,她说带我去一个地方,她拉着我的手,我们穿过一片树林,前面是一大片粉红色的桃花,她跑过去回头冲着我笑,然后又往前跑,花瓣随着她的衣衫一大片一大片飞起来又落下，我痴痴地看着她。

"起来了。"

我听见骆无穷的声音，感觉他在拍我的脸，我睁开眼，房间里开着灯，他坐在我旁边准备再下手拍打我的脸。

"你干吗？"我迷迷糊糊地问他。

他收了手说："起床看日出了。"

"几点了？我还没睡醒呢。"我赖在床上不想起床。

"都四点半了，再不快点赶不上了！"他说。

他把我从床上拉起来，我打着哈欠看着精神抖擞的他说："我是老年人！哪有这么早去看日出的！"

"老什么老，你才多大啊！别废话，洗漱完就精神了。"

我们洗漱完之后，我拿出化妆包，准备化妆。

"你干吗？"骆无穷问我。

"化妆啊。"

"别化了，一会儿赶不上日出了。"

"好吧。"看见他兴致那么高，一脸着急的样子，我们换了衣服就出门了。

走出门忍不住打了一个寒战，太冷了。一路上黑黢黢的，我们拿手机开着手电照路，借着雪光，一路小心翼翼到了金顶。金顶上空无一人，除了我们两个。我看了看时间：五点。

我说："这个点看什么日出？"

"我看的攻略上写的，人家四点就出门了，我还以为我们会晚呢！"骆无穷有点尴尬地说。

"我们住的地方到这里只有半个小时的路程，冬天的日出是七八点，你看的什么攻略？"我冷得声音都有点发抖。

"哈哈，我也没有看那么仔细。"

"那我们现在干吗？到处都是雪，坐也没法坐。"我问他。

"要不我们回去吧，一会儿再来。"骆无穷说。

"你还没睡醒吧，我们又摸黑回去？往返就是一个小时，我们走路的时间就够等到天亮了。"我说。

骆无穷搓搓手说："那没有其他办法了，我们只能在这里跑步等天亮了，要不然没有看到日出我们就会被冻死。"

我们俩忍不住相视笑了起来，我又气又好笑。没有其他办法，我们只能在雪地里一边慢跑一边等着天亮，我跑不动的时候骆无穷就拖着我跑。

六点多，天开始有点微亮，寺庙里开始有了灯光和声响。我饿着肚子，手脚发软，寺庙里的阵阵粥香飘来，我实在没有力气接着跑了，弯着腰直喘气，一只手撑在腿上，一只手直摆着说："我不跑了不跑了。"

穿得太厚，慢跑了一个多小时，汗水已经把贴身衣物浸湿了。而且我这病恹恹的身体，近两个小时的运动是我一年的运动量。

骆无穷看我实在跑不动了，给我找了一块地，把积雪清理干净让我坐一会儿。

"你觉得我们俩傻不？"我喘着粗气问他。

"傻！"

"真是难忘的生日和情人节啊！"我说。

"为了弥补我的错误，我用成都话给你念一首诗。"

"你不是不会成都话吗？"

"我专门练习了一下。"

"那念来听听。"我看着他说。

他站在我面前,整理了一下衣服,长长地舒了一口气。

"我用啥子才能留住你嘞?——博尔赫斯。"

骆无穷的成都话一出口我就笑了。

"别念了,不准你念我博馆长的诗!"我说。

"我用啥子才能留住你嘞? 我给你瘦落的街道、绝望的落日、荒郊的月亮。 我给你一个久久地望着孤月的人的悲哀……"

骆无穷还在接着用他已经不太标准的成都话念着我最喜欢的一首诗,我站起来去打他,他一边跑一边念着:"我给你我的书中所能蕴含的一切悟力以及我生活中所能有的男子气概和幽默。我给你一个从未有过信仰的人的忠诚。"我一边笑一边跟他追打着,好像之前的疲惫又都不存在了。

"哎呀,我想不起来后面怎么写的了。"骆无穷说。

"我给你早在你出生前多年的一个傍晚看到的一朵黄玫瑰的记忆。 我给你关于你生命的诠释,关于你自己的理论,你的真实而惊人的存在。 我给你我的寂寞、我的黑暗、我心的饥渴;我试图用困惑、危险、失败来打动你。"

我接着他继续把这首我最喜欢的诗念了下去。我很喜欢这首诗的最后两句话,我想有一个人可以看到我心的饥渴,我想让别人看到我的困惑、危险和失败。我不是一个完美的人,我想在一个人面前做真实的自己,不是活成一尊完美的雕塑,也不是一张讨人喜欢的面具,而是一副鲜活的血肉之躯。

万佛顶敲响了晨钟,钟声回荡在峨眉之巅。天已微亮,山间云烟缥缈,这一刻我们仿佛置身仙境。游客陆续也来到这里,等着看日出。

天色亮了起来,天边出现了一丝微弱的光,周围的人群也开始兴奋起来。

我看见旁边有一对情侣也在等日出,我走过去跟那姑娘说:"能不能麻烦你帮我们拍张照片?"

"可以的。"姑娘欣然同意。

我把手机调好拍照功能递给她,然后拉着骆无穷拍照。

"可以了吗?"姑娘问我们。

我挽着骆无穷的手臂,踮起脚吻上他的脸。然后我放开他,去看照片了。

"需不需要重新给你们拍?"姑娘看着我说。

"谢谢你呀,拍得很好了。需要我给你们拍照片吗?"我问她。

"不用了,我们有自拍杆。"姑娘说。

骆无穷看我在看刚才的合影,凑过来要看,被我推开了。

"为什么不给我看?"他问我。

"现在还不能看。"我说。

"等你睡着了我偷偷看。"

"你敢偷看试试?"

太阳藏在云层里迟迟不出来,我想可能今天看不到日出了,就说:"回去吧,我饿了。"

"不等了吗?我们等了几个小时多可惜。"骆无穷说。

想一想大半夜冒着刺骨寒风,围着这里跑了两个小时就为了看日出。其实看不看已经不重要了,即便没有日出,峨眉山的美也未减少分毫。而且很多事的结果都不如期待的那样,去做了便觉得值得。

"跟你一起看山才是山、看雪才是雪,一瞬间也是一世。"我说,"今天已经很开心了,不是什么都要是最好的。情人节快乐!"

"别的男孩子都有花收,你都没有送我花。"骆无穷撒娇地说道。

他刚才的那点失望烟消云散，又开始嬉皮笑脸起来。

"待会儿路上给你采两把野花。"我说。

"我们俩剧本又拿反了，我觉得自己变成娘炮了！"

"你本来就是。"

我牵着他的手往回走，回去的路上云雾慢慢散开，微弱的阳光透过云层洒落出来。虽然没有看见日出，但这点微弱的阳光也是对万物的恩赐。

去餐厅吃了早饭之后我们就回了房间，外面实在太冷了，我只想在房间里躺着看看雪景。

骆无穷在床上很快睡着了，我拿手机出来，在微信联系人里找到之前跟我逛博物馆的那个画家，给他发信息。

我说："你最近有没有时间帮我画幅油画？"

他说："大过年的，时间肯定没有多少。"

我说："价格你可以开高一点，但我急着要。"

他说："画什么？多大？"

我说："画小幅的吧，快一点。"

他说："好的，画好了跟你说。"

我把在金顶上跟骆无穷的合影发给他看，我在照片里踮着脚去亲吻骆无穷，骆无穷略带羞涩地笑着。只是我没想到他的一幅油画要花掉我三分之一的存款。我不是一个才艺出众的人，但我可以花钱买，每次有这种想法的时候都觉得自己好像一个有钱人。

赵心怡走后我没有什么心情过节，也把准备礼物的事儿给忘了。我不知道送什么给骆无穷合适，我在这方面总是显得笨拙而局促。我不擅长浪漫，甚至想到我们俩的画像挂在他家空荡荡的墙上有一种不合时宜的喜感。又或许我太久没有幻想过家的样子和气息，才会让这种想像不合时宜。

我总在想我可以给予骆无穷什么，我想给他热烈的爱和漫长的岁月。但这些都是不够的，我还想给他一个诗意的世界。

二月十五日，除夕。

我跟骆无穷在峨眉山度过了传统意义上的二零一七年的最后一天，新年钟声响起，爆竹声响彻了整个新年之夜。

手机信息不断，朋友们纷纷发来祝福，我也收到了李喻和高伟的新年祝福。我点开赵心怡的微信给她发了一条信息：新年快乐，我好想你啊！

峨眉山上很多香客等着新年的第一炷香，许下新的一年平安顺遂的愿望。我朝着金顶的方向许下了第一个新年愿望：我所爱之人都能平安喜乐。

我和骆无穷十指紧扣，相视一笑。

我一直辛苦追求的东西在过去的一年终究也没有得到，我失去了我的事业、我最好的朋友。我回不去的那片大海依然相隔遥遥，伴随着我的病和痛依然还与我的身体共存。但我学会了跟那个既不成功也不快乐的自己和平共处，我接受了自己的不完美，接受了这样一个也可以去爱与被爱的自己。

我曾经想要断绝与这个世界的一切关联，现在我想好好看看这个世界，与它息息相关。未来会怎么样我并不清楚，我这条浪荡不息的河流终究会流向远方，时间和黑暗都不能禁锢住我，这将是信徒和诗歌的胜利。